結物語

ムスビモノガタリ

西尾維新

NISIOISIN

BOOK & BOX ORIGINAL DESIGN by VEIA

BOOK&BOX DESIGN
VEIA

ILLUSTRATION
VOFAN

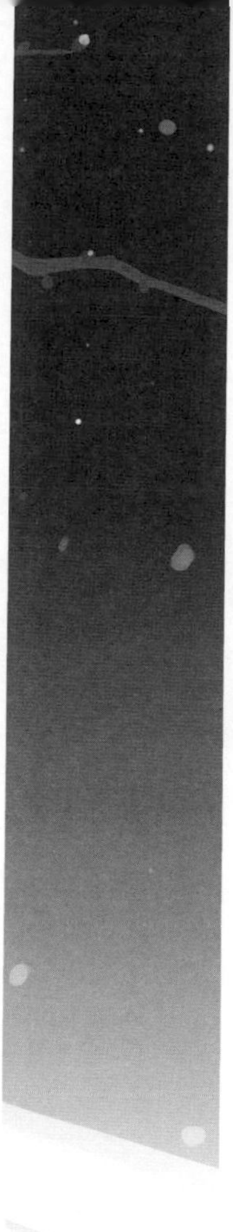

第一話 全歌・人魚

KANBARU SURUGA

001

周防全歌成為人魚，好像是高中一年級那時的事。她自己宣稱「不是人魚，是半魚人」，不過這裡就稱她是人魚吧。因為與其煞有其事引用克蘇魯神話，我覺得散發清秀英氣的她，真要說的話當然比較適合「人魚」這個稱呼。

大卡車為了閃避闖紅燈過馬路的小學生緊急打方向盤，將剛好走在人行道的她撞落水渠。遭遇此等不幸的她全身重創奄奄一息，卻因為吃下療效靈驗的「人魚肉」撿回一條命。

因為吃而成為不死的她，因為被吃而成為不死的我，某方面剛好成為對比，但這段經歷為今後的人生帶來莫大的不便，基於這層意義來說，我們一模一樣。

想獲得任何東西都要付出代價。

有得就有失，獲得的東西可能會失去，失去的東西卻不會回來。

如果是生命或不死就更不用說了。

她原本是前途有望的游泳選手，卻在那之後就無法游泳。不是車禍的後遺症。這部分多虧「人魚肉」沒留下任何傷痕，康復到毫無後遺症。

也不是因為摔落水渠造成的心理創傷。

留下心理創傷反倒是車禍之後的事。

不知道該說是吃了靈驗的「人魚肉」而遭天譴，或者說這也算是一種食物中毒，她康復之後成為泡水就會變成人魚的體質。「變成人魚」聽起來挺浪漫的，不過請各位聽我說完。

總歸來說，是逆向進行生物的演化。

打翻飲料弄溼皮膚會長出鱗片；雙手沖水會在洗乾淨的同時變成鰭；洗澡的時候會失去雙腿成為擺動的魚尾——是這樣的意思。甚至不能在雨天出外行走，否則連使用肺部呼吸都有困難，可能會在路邊窒息。

死掉比較好。

她好像不只一次抱持這個想法。和我一樣。

聽說她花了不少時間才找到妥協點，不過在那之後又經過十年，某種程度來說已經能應付這種體質的她，如今好不容易能抱持「比死掉好一點」的想法了。

「當時如果是闖紅燈的小學生被撞該有多好……我現在終於不會這麼想了。希望不久之後可以抱持『光是活著就是一種幸福』的想法。」

……無論如何，要從二十六歲的女性口中問出這麼私密又敏感的回憶，各位或許認為我想必花了不少時間，但是並非如此，以上都是我第一次見到她的時候聽她說的事。

雖然不算回禮，但是關於我從高二升上高中的那個春假被吸血鬼吸血，反過來對吸血鬼吸血因而成為吸血鬼——成為半吸血鬼的來龍去脈，我當然也是一五一十告訴她。

二十三歲的阿良良木曆任職的地方，就是這麼開放的職場。名為直江津署風說課。

002

「阿良良木，你為什麼想當警察？」

高中時代曾經騎著腳踏車到處跑的我，相信自己的行動範圍還算廣，甚至認定我所居住這座小而美的城鎮，包括暗巷在內沒有我不知道的場所，不過像這樣相隔四年返鄉一看，就體認到這是我傲慢的誤解。

比方說，我不知道這樣的大河流經我當時就讀的直江津高中附近。

好大的一條河。應該說好寬的一條河。看起來甚至可以泛舟的河。

即使不是擁有變身體質的周防小姐，我也不認為有誰敢抱持輕鬆的心態踏入此等水流。

「啊，恕我失禮。阿良良木警部補，您為什麼想當警察？」

這位周防小姐以戲謔的語氣改口問。

阿良良木警部補。

對於這個再怎麼樣都不習慣的稱呼，我覺得什麼都說不出口。對於這個不自在的問題也是如此。

想到今後不知道會被問相同的問題多少次……哎，明明才第一次，我就感到不耐煩了。仔細想想就很奇怪。因為我明明已經鉅細靡遺說明住在我影子的吸血鬼，卻還沒說明我選擇走這一行的理由。

「大概因為家長是警察吧。父母都是。」

「嗯嗯。意思是自己也得成為警察，否則無法超越父母？還是說可以靠著父母的人脈出人頭地？」

語氣像是在消遣，實際上應該也只是被這位大姊姊消遣，但我身為當事人不禁深思這個問題。

我不認為自己有前者那種值得讚許的心態，也不認為自己沒有後者那種投機取巧的心態。

沒有雄心大志，卻也不是沒有心機……我就是這種人。

「很久以前，我遇到一個令人火大的騙徒。被騙得慘兮兮。逮捕那傢伙是我的夢想，我的夙願，所以我成為警察。」

猶豫到最後，我這麼回答。
總之，這也不是謊言。
但我覺得僅止於不是謊言。
「是喔，騙徒啊。想負責智慧型罪犯嗎……很像菁英階級的想法。那麼，分發到風說課這種鳥地方，以你來說是大失所望的感覺？總之只要忍四個月喔，好好努力別頹廢了。」
「我不認為這裡是『鳥地方』喔。不過確實出乎預料就是了。公家機關居然有這種部門。」
「嗯，這就某方面來說是一種嘗試。是臥煙小姐採取的諸多措施之一。不過阿良良木警部補可能會覺得大失所望吧。」
「就說我沒這麼想了。」
「這邊可是非常仰賴你喔。說正經的，雖然是特考公務員的研修，但你是好不容易加入的男性戰力。」
雖然難以理解這番話的正經程度，但怕水的周防小姐和河流的距離是我的兩倍左右，一副連一滴水花都不准濺到身上的態度。她一如往常維持滿不在乎的表情，但是在河岸維持相當警戒的態勢。
至少在本次的案件，仰賴我這個年輕的新人應該沒錯……居然派遣怕水的她來到水邊，風說課的課長個性真壞。

不愧是臥煙小姐的心腹。

「大概是女性比較容易對超自然或靈異這種浪漫的玩意入迷吧，來這個部門的都是女生。男女失衡不是好事喔。所以阿良良木你就不用客氣，盡情享受這種後宮狀態吧。」

「這種狀態我在高中時代就受夠了。」

「這是怎樣，哪門子的高中生活？」

周防小姐不禁失笑。

「我沒有直接認識臥煙小姐，但是我受過她不少恩惠，所以想立下相應的成果報答。至今人生一帆風順的阿良良木警部補或許是逼不得已，但你待在我們課的這段期間要好好幫忙喔。當成對家鄉的一種貢獻。」

她接著說。

貢獻家鄉啊……但我不是這麼愛鄉的類型。

而且，也稱不上一帆風順。

一點都稱不上。

這個難為情的頭銜也一樣，只要通過國家公務員綜合特考進入警政體系，任何傻瓜都可以從警部補開始往上爬，如此而已。只看這部分的話，連父母的人脈都不需要。

而且這四年來，我並不是遠離怪異現象生活。即使離開城鎮，我的影子依然緊跟著我，而且這個影子也是吸引怪異接近的影子。

只不過是平常理所當然在做的事情變成工作罷了。不是興趣成為工作，是日常成為工作。

直江津署風說課嗎……

臥煙小姐在我居住的城鎮設立的這個部門真是不得了。

那個人無所不知，或許早已看透我將來會成為警察，才會選擇我家鄉的直江津署做為典型的範例吧。我久違四年想這麼臆測。

ＯＫ。

這是怪異現象的自產自銷。

身為二十三歲的大人，我就盡我所能，粉身碎骨為部門效力吧。

幸好我擅長粉身碎骨。真的是字面上的意思。

「所以……周防小姐，這次是什麼樣的傳聞？這條河出現什麼樣的傳說？沒人好好對我說明，我就這麼受命和您搭檔……不過課長說細節問您就好。」

「用平輩的語氣就好啊？畢竟我們年齡相差不大，階級也是你比較高。你是警部補，我是普通巡警。」

「我不擅長使用平輩語氣。因為我教養很好。」

「真風趣。」

周防小姐聳聳肩。

「總之如你所見，這條河大到可以游泳。到了夏天，會有家庭來這裡烤肉，也是孩子們絕佳的玩樂場所。」

她說。

「啊啊，你是這裡的居民，不必說明這種初步的情報吧？」

「不，您沒說明的話，我會為難的。」

畢竟我甚至不知道這裡有一條河。

說來遺憾，教養良好的我度過的童年，和帶我烤肉的家人或是一起玩樂的朋友無緣。

當年總是搞不懂班上大家究竟留下我跑去哪裡，原來如此，他們是到這種地方玩耍。

即使長大成人之後得知這個事實也沒什麼用。

「至今都沒發生特別嚴重的問題，不過今年夏天接連發生溺水意外。有五個孩子溺水。」

「…………」

「光是確認的就有五人，實際上可能更多。總之目前為止沒出人命。不過，失衡不是好事喔。」

她這麼說。

聽完她的說明，我重新看向河流。浩蕩的河水雖然不到激流或急流的程度，但應該絲毫無法保證絕對安全吧。

剛才周防小姐形容為「絕佳」，但是這樣看就覺得這裡當成孩子們的玩樂場所很危險。

怎麼回事？

這單純是從「大人的角度」來看嗎？

只是因為我成為無趣的大人，才想要管制孩子的娛樂到過度保護的程度嗎？

「先不提這樣是不是過度保護，實際上已經出現這種聲音了。有人覺得或許應該禁止進入河岸，覺得學校應該教育孩子們別靠近河岸。」

「就像是公園的遊樂設施一個個消失那樣？」

「但我認為這也不是全盤否定的做法。希望危險的老舊遊樂設施一直留在公園，只不過是老年人的鄉愁。」

這個意見不像是出自二十六歲的人口中，真的是老成的意見。不愧是吃過人魚肉的人。

對她來說，這十年大概匹敵八百年吧。

「不過老年人的意見是改不掉的。你想想，那時候的道路交通法還很寬鬆，生產的車子，安全帶有跟沒有一樣，但還是可以開上高速道路。」

我聽不太懂這個比喻。

大概是在享受年幼晚輩聽不懂比喻的世代隔閡吧。

「先不提大眾論點，以這條河來說，如果出人命應該會二話不說進行管制。幸好戲水旺季在這之前就結束了。」

「那麼，總之問題就暫且擱置了？」

「不是擱置，是懸而未決。雖說沒出人命，但是五人這個人數有點嚴重，心情上也很沉重。而且其中一人病情危急，還沒回復意識。另外四人也有人骨折，現狀不容大意。」

不過讓他們吃我的肉就能康復了——周防小姐隨口接著說。

若要這麼說，那個昏迷不醒的孩子，也只要喝下我的血就能完全康復吧。

但我不能這麼做。不該這麼做。

這種輕舉妄動會誕生何種悲劇，周防小姐與我都很清楚。

我們不想讓自己以外的人們遭遇比死還煎熬的下場。

「總之，河岸要不要架設圍欄交給公所決定，這不是我們的工作。我們的工作是取締風說。」

取締風說。

這四個字聽起來挺奇妙的，而且不太協調，但這正是風說課的業務內容。是我的工作。

都市傳說。道聽途說。街談巷說。

以及——風說。

「溺水的五個孩子之中，多達三人提供相同的證詞——不是溺水，是被『看不見的手』抓住腳踝拖到水底。」

「…………」

五人之中的三人。

除去昏迷的那個孩子，實際上是四人之中的三人。

如果不看內容，從數字來看堪稱可信度很高的證詞。

或者是可信度很高的傳聞。

「……這條河有河童嗎？」

「天曉得。說不定是人魚。」

我打趣說完，周防小姐這麼回應。

她表情僵硬，大概不是在開玩笑。

甚至有種硬派的氣息。

「至少孩子們的尻子玉沒有被挖走。只不過，今年突然頻傳溺水意外是不爭的事實。這可能會成為怪異奇譚的溫床。要趁早斬草除根。」（註1）

周防小姐平淡地說。

聲音不帶情感，和粗魯的宣言成為對比。

不冷漠處世就活不到現在的人魚如是說。

「……周防小姐，您為什麼想成為警察？」

不是講客套話，也不是想還以顏色，我只是忽然好奇這麼問。

雖說她和我一樣因為怪異奇譚的後遺症而背負身體上的限制，但肯定也不必成為警察。只要不當警察，周防小姐肯定不用像這樣靠近水邊。

「阿良良木，你喜歡職棒嗎？我超喜歡的。」

「咦？」

「喜歡到連二軍的比賽都看。」

「那您真的很喜歡耶……」

如此回應的我，對她意外的嗜好感到驚訝，以為這位大姊姊巧妙轉移話題，但

註1　日本河童傳說虛構的人體組織，位於肛門裡的小球，被河童挖走的話會失去靈魂甚至喪命。

我錯了。

周防小姐接下來這麼說。

「可是，當我看到選秀會，我就挺心酸的。棒球打得這麼好，實力像是怪物的選手們，甚至不能加入喜歡的球團。想到這裡我總是會思考，選擇職業的自由是怎麼回事。」

嗯。

嚴格來說，選手應該也有權拒絕，所以事情大概沒這麼單純，但我可以理解她想說的意思。我成為警察的過程中，也姑且摸索過不同的路，但每次都會面對不同的現實。

現實。悶悶不樂的事實。

相較於面對怪異，這面牆更加堅固。

「身為人類，只能成為自己能夠成為的東西。可能是警察，可能是人魚，也可能是吸血鬼。」

說完，周防小姐看向我的影子。

003

嚴格來說，我是連吸血鬼都當不成的傢伙。

在正常模式下，我沒有周防小姐那種不死之身……是稱不上人類也稱不上怪異的半吊子。

要是我這麼說，周防小姐大概會自虐放話說「我也是不上不下的半魚人」，所以我沒說出口。

好啦，不上不下的兩人一直這樣看著河面也沒用。

現在是戲水淡季，河岸只有我與周防小姐，趁著四下無人完成調查工作吧。既然周防小姐不能下水，只能由我實際調查案發地點。

我在樹木後面換上泳裝。

成為警察的第一份工作居然是游泳，這種事我想都沒想過。說起來，吸血鬼也不擅長應付流動的水，不過這還在可以忍耐的範圍。

工作是一種忍耐。

「唔哇，阿良良木，你身體練過耶～～難怪想率先脫衣服。」

「不是練出來的，是體質。」

而且也沒率先脫。

「這樣啊。我可以用手機拍照嗎？」

「當然不可以。」

我一邊說，一邊朝河流踏入一步。四下無人是淡季的好處，不過河水當然冰得像是會出人命，這是淡季的壞處。

簡直是僧侶的冷水苦行。

頂著吸血鬼招牌前來研修的警部補因為心臟病發喪命，這也太令人失望了。能讓臥煙小姐顏面掃地是大快人心的事，但我可不想只為了這麼做就賠上性命。

我按照以前游泳課學到的方式，在水邊掬起河水潑向自己的身體適應水溫，然後繼續往河中間走。

哇，真的好深。

客氣來說不算長人的我（大學時代也沒繼續長高），執行起這項任務可說是相當艱鉅。

所以我早早放棄，不做無謂的抵抗，戴上泳鏡主動蹲下去。總覺得像是把童年沒和大家一起玩的份在這時候補回來。

一個人補。

「阿良良木，沒問題嗎？真的不行的話，我去幫你吧？」

……而且說來遺憾，就周防小姐看來，我變得像是快要溺水的傢伙。

我豎起大拇指（不過感覺像是快要滅頂）表示我完全沒問題。實際上，暫且不提我旱鴨子的悽慘模樣，即使我走到河流最湍急的位置，下定決心潛到水底，也沒發現什麼問題。

河水的冰冷在適應之後甚至很舒服，待在清澈的水裡不會激發不安，雖然水流絕對不算平穩，不過這裡具備的娛樂性質，令我理解到這裡為何會成為祕密的遊樂場。

自然現象特有的隨機刺激很有趣。

就像是漂漂池那樣吧。不對，我說反了？應該說漂漂池很像河流？

當然，一個不小心恐怕會抵擋不住水流，河底的石頭長滿溼滑的青苔，踩到的話可能會打滑，所以危險程度應該是漂漂池比不上的……

即使如此，依照外行人的判斷，這條河一個夏天發生五次溺水意外似乎太多了。如果有人說另有原因也難以否定。只不過，和高中時代不同，這時候不容許進行外行人的判斷。

我不是外行人。

雖然立場和忍野那傢伙或斧乃木不同，但我必須以專業刑警的身分進行判斷。即使只有四個月的研修期間，我也要以風說課成員的身分努力。

斧乃木嗎……

我回想起這個懷念的女童。

也因而想要確認一件事。

「周防小姐，您剛才說的溺水孩子，具體來說是幾歲？如果是小學生左右，我覺得即使在淺灘可能也站不穩……」

「最大的十五歲，最小的七歲。感覺這部分沒有失衡，分布得相當平均。順帶一提，最大的那個十五歲孩子，我想應該比你還高。因為他說在最深的位置也踩得到底。」

「這樣啊。」

既然這樣就沒辦法說什麼了。

無法當成參考。

我移動到我踩得到底的位置。

「反過來說，就是沒有十六歲以上的被害者吧？」

我刻意說出這個明確的事實。

單純是因為懂得分際的大人不會到河邊戲水導致溺水？還是因為愈年輕的人愈容易遭遇怪異現象？這部分難以判斷。

像我這樣在升上高三的年紀才遇見吸血鬼的案例比較稀奇。記得周防小姐吃下「人魚肉」也是十五歲左右的事。

勘查事故現場之後，只能做出「怎樣都不好說」的結論，但是只有忍野咩咩能被允許秉持這種中立主義。

在這個狀況，「中立」的結論相當於證實這個風說。

我的工作是在風說成為怪異奇譚之前「毀」掉，所以「怎樣都不好說」這個結論等同於沒在工作。

我會變成薪水小偷。明明是刑警。

「沒辦法了。我叫忍出來。」

「咦？要叫了？太早下判斷了吧？」

我一邊上岸一邊這麼說完，周防小姐好像嚇了一跳。

她將預先準備的毛巾遞給我（這時候的她把手伸得筆直以免沾到水）。

「我還以為你會再靠自己努力一下。」

她這麼說。

害她失望了嗎？但我也不想逞強。

「一切都想靠自己解決，會把事情愈搞愈大。這是我二十歲之前的經歷，我或多或少吸取了一些教訓。」

「原來如此。但是要叫吸血鬼的話，麻煩稍等一下。不可以在我的面前叫出那孩子，我不想被吃掉。」

啊啊，對喔。

課長嚴格警告過這件事。

周防小姐是人魚，也就是說，現在她自己就是「人魚肉」。不只是連昏迷的重傷患都能康復的靈驗療效，這種肉非常美味。

忍和我一樣，如今不再是吸血鬼，但即使不會吸人類的血，吞食怪異的性質依然完整保留。我打算活用這個特性，請她「鑑定」這條河是否有怪異棲息，但要是無上美味的肉近在咫尺，我不認為她做得出正確的判斷。

已經和忍來往五年多的我，不認為她會不顧後果朝著「人魚肉」——也就是我的前輩一口咬下，但是課長與周防小姐提防她也是理所當然。

這方面不該敷衍了事。

不同於基本上給人無害印象的人魚，我與忍光是能像這樣活下來就很神奇。

「那麼，我現在就趕快回署裡吧。查到東西再寄電子郵件給我。」

「寄電子郵件就好？不用保密？」

「讓機密本身消失就是我們的工作吧？我甚至希望開個實況轉播。你難得有這身肌肉，也必須炫耀一下才行。」

肌肉一點都不重要，但總之周防小姐離開河岸回去了。為求謹慎，我多等五分鐘左右才當場蹲下，輕敲自己的影子。

忍當了將近六個世紀的吸血鬼，終究沒辦法在短短幾年改變作息，基本上現在依然是晝伏夜出，不過只要她心情沒有特別差，都會回應我的呼喚。

看來今天的心情不只是不差甚至特別好，我才敲第一次，金髮幼女就從我的影子現身。大概是我這個宿主依然穿著海灘褲（我是為了在河裡游泳才換裝，所以應該說是河岸褲？），忍也穿著泳裝。

真的像是來河邊戲水的連身泳裝。

「喀喀！」

忍露出牙齒笑了。

「『人魚肉』嗎……確實連吾亦尚未吃過。不曉得滋味究竟如何。」

「饒了我吧。拜託不要吃我的同事。」

「不吃不吃。吾可不想大鬧主子之職場。畢竟直接關係到吾之生活，汝就好好工作養吾吧。」

「但我工作並不是為了養妳……」

倒也不能這麼說。

她說的反而沒錯。

因為我活著就能讓忍活下去，因為忍願意活著，所以我也能繼續活下去──「如果妳的生命明天到了尾聲，那我活到明天便足夠。」

高中時代說出的這段青澀承諾至今依然有效。

是阿良良木曆的最優先事項。

「雖然這麼說，但也要讓妳稍微幹活才行。忍，怎麼樣？這條河有怪異嗎？河童或是人魚都好，不然就算是懷念的重蟹也行。」

「『懷念』是嗎？若要這麼說，這座城鎮亦是相隔多年才重返。看來成為神之迷路姑娘平定得很好。雖然對吾而言滿肚子火，肚子空到只剩下火，但從靈力層面來看非常穩定。」

「是嗎？這樣啊……那麼，這條河發生的五件溺水意外，始終只是意外？」

「不，這可未必。」

忍說著搖了搖頭。

毫無意義裝模作樣的動作。

還是說這個動作暗藏玄機？

「就吾來看，五件之中應該有四件不是意外，是案件。而且倘若置之不理，受害者只會一直增加。」

004

畢竟只有短短四個月，我決定研修期間住老家。

久違回到老家過生活。

雖然這麼說，不過陪我走過青少年時期的阿良良木家，現在只有長女阿良良木火憐一個人住。

應該不是等三個孩子從高中畢業，不過在么女月火就讀大學的時間點，擔任縣警幹部的父親與母親調派到中央了。

因為是夫妻一起去，所以應該不叫做單身赴任，總之我在大二春季離家，後來是姊妹兩人住在家裡，不過再過一個月之後，月火居然很乾脆地休學，重新就讀海外的大學。

真的假的？

該怎麼說，哎，這妹妹本來就不是屈居於日本的池中物，所以就某種意義來說，她這樣的規劃合情合理。不過這麼做的結果，就是火憐後來落得必須一個人住在這個家，我對此有點覺得過意不去。

然而既然這麼想，我應該更常回家就是了。

所以，我決定至少在這四個月對火憐好一點。

只不過，重新下定的這份決心，在我打開懷念老家的玄關大門時消失。因為這間一個人住過於寬敞的獨棟住宅，被她弄得亂七八糟。

我花了三天才把家裡收拾乾淨。

「這也沒辦法吧？因為我和哥哥不一樣，去年就開始工作喔～～」

身為哥哥，我姑且接受她的這個解釋。

基本上，最早離開這個家的我沒權利抱怨，而且說到出社會，火憐是我的前輩。她在高中畢業的同時開始工作。

而且是在直江津署。

她從國中時代習得的強力格鬥技，我一直在想她到底能運用在哪裡，沒想到可以用來逮捕罪犯……昔日在栂之木二中的火炎姊妹負責實戰的阿良良木火憐，現在是生活安全課的巡警。

說這是量才錄用也沒錯，但我居然被妹妹搶先一步。

雖說不是有其父必有其子，不過警察夫妻的長子與長女居然都成為警察，這麼一來月火的奔放程度就很顯眼。不，動不動就容易被哥哥或姊姊影響的那個么妹，或許是在將滿二十歲的這時候終於獲得欠缺至今的獨立心態。

「請慢用！」

「我開動了。」

雖然在收拾整理這方面完全不行，但是至少火憐在這段獨居的日子裡，成功習得料理技能的樣子。

這麼一來，我就更沒辦法對她說大話，也辦法擺架子了。

都離家四年了，所以這也理所當然吧，但我總覺得自己是來到別人家做客。

「所以？哥哥，怎麼樣？哥哥警部補？」

「不准叫我哥哥警部補。不准打從心底瞧不起我。我是特考公務員喔。」

「這頭銜的形象爛到不可思議耶。是因為電視連續劇嗎？」

我也這麼想過。

明明那麼拚命苦讀，比考大學的時候加倍用功，好不容易通過國家公務員綜合特考，結果形象卻這麼差……

大學同學也說我像是滿腦子想獲得權力與地位。動不動就這麼說。

除非說話對象是推心置腹的妹妹，否則我不會自稱特考公務員。

老實說，我原本擔心在研修部門會不會也被現場辦案的警察霸凌……為什麼出社會還得這麼想……幸好風說課不會這樣，但我基於另一個意義被當成菁英。

風說課的成員，幾乎所有人都以某種形式牽扯上怪異，導致身體與人生被怪異糾纏，不過基本上好像只有我能和怪異本身交談與溝通。

被當成「菁英」是吧……

對於高中時代落魄到吊車尾的我來說，我果然很難開心說出這種字眼。

「哈哈哈，這真好笑。是那樣嗎？就像是明明高呼反對權力，卻不知何時掌握大權的那種傢伙？」

妹妹大口攝取比我多一倍的熱量，同時賣弄小聰明說出這個比喻。不誇張，這個妹妹的身高大約是我的兩倍（不，太誇張了。實際上只比我高二十公分），所以基礎代謝率本來就很高，又在生活安全課成為知名警察大顯身手，所以身體所需的熱量遠遠超過我（這真的不是誇大其詞）。

現場辦案的警察嗎？

唔～……

真要說的話，我比較想做這種工作……不過看到妹妹的社交性，我深刻體會到周防小姐所說「只能成為自己能夠成為的東西」這句話的意義。

我無法成為妹妹，妹妹也無法成為我。

「哎，哥哥這樣以衝動與情感行動的人，應該不適合在現場辦案吧？比較適合一副踐樣坐在桃花心木的辦公桌後面喔。」

「聽妳這個妹妹說出這種話還真是讓人火大。我好想任憑衝動與情感的驅使修理妳一頓。」

「喔，要久違較量一下嗎？牙刷我可以準備喔。」

「住手，那是年輕時犯下的錯誤，而且我今天去了工作現場喔。」

我提出自己僅有的主張。

菁英的主張。

「幸好風說課好像沒把我晾在一旁，會好好把我當成便利的工具使用。不只帶我到工作現場，也沒把我當成瘟神。」

「是喔。哎，因為那個部門的存在本身就像是瘟神啊。應該說敬而遠之吧。因為是上頭授意成立的部門，所以署裡也老是傳一些莫名其妙的傳聞。」

這正是「風說」。

正合臥煙小姐的意。

「如果哥哥來生活安全課，我明明就能以前輩身分好好關照你的說～～」

「與其遭遇這麼悽慘的下場，我寧願找別的工作。」

我聳肩說。

年輕時犯下的錯誤，我可不想以這種形式遭到報復……不過另一方面，老實說，我也曾經這麼希望，這件事要保密……不是靠有力父母的人脈，而是靠有才妹妹的人脈，順利度過這段研修期間該有多好……我曾經打著這種如意算盤。

這是幸好沒成真，一點都不實際的如意算盤。

「順便問一下，小憐。妳剛才說『莫名其妙的傳聞』，具體來說，妳認為風說課是什麼樣的部門？」

明明身高超過一八〇公分，年齡超過二十歲，我究竟要以「小憐」稱呼這個妹妹到什麼時候？如此心想的我試著這麼問。

我屢次想改，卻就這麼一直改不掉。

「唔～～聽說主要的工作是調查當地流傳的危險傳聞。該說防患未然嗎……造成悲慘的結果之後，留下『明明事前商量過啊』這種悔恨的例子不是偶爾會有嗎？設立風說課就是要防止這種狀況……不是在事發之後解決，是在事發之前解決。但也有很多人從反方向解釋喔，認為風說課的工作是證實事件不會發生。」

「嗯……」

看來終究沒傳出「怪異如何如何」或「妖怪如何如何」的傳聞，不過原來如此，畢竟不是完全祕密的部門，無論是前者還是後者，當前的傳聞都相當接近真相。

適度趨近於真相。

這部分也是要讓事實逐漸攤在陽光下的一種嘗試吧。

即將進行研修時，久違四年見到的臥煙小姐說過以下這番話。當時我懷疑她認真到何種程度，不過關於這件事，那個人看來比我想像的還要認真。

「曆曆，不為世間所知的專家工作，是時候差不多要轉移到公家單位了喔。就像昔日的陰陽師那樣，就某種意義來說也算是回歸原點吧。」

不，如同周防小姐也說過，這不是現在才開始的事。那個人從很久以前，從見到我以前，似乎就在進行這種計畫。

比方說，和警政署這種公家單位接觸的手法，也可以說很像那個人的作風。不是說服組織高層，而是和牽扯到怪異的人們成為「朋友」，從基層滲入組織。

滲入的人才爬得夠高的現在，計畫正式開始推動。所以我在這個時間點進入警政體系，果然不是單純的巧合吧。

不是從總部，而是從地方轄區逐漸掌控的手法，也像是在黑白棋搶得角位般巧妙。

到哪裡都逃不出她的手掌心嗎？

總之，正因為有這種投資上的意義，臥煙小姐才會那麼照顧當時高三的我，這麼一來，雖然不是學周防小姐說話，但我必須報答的恩情也多不可數。

至少在這四個月要交出漂亮的成績單。

盡力而為吧。

高中時代出醜丟臉到那種程度，如今想好好表現一下挽回顏面。這樣的想法當然也是有的。

「所以？哥哥，你說的工作現場是哪裡？說起來，風說課實際上在做什麼工作？」

「這是搜查上的祕密……好像也不是。」

如果可能成案，那麼即使對方是警察，即使對方是妹妹，該保密的事情還是要保密吧。但我現在負責的案件，是在證明該案件並非蓄意犯罪。

身為作風開放的部門成員，全說出來也不成問題吧。

應該說，這也堪稱是必須進行的詢問程序。雖然把工作帶回家不是好事，但是青少年時期有別於我整天往外跑的野丫頭火憐，肯定在那條河邊玩過。

問問她當時的樣子吧。

「小憐，妳知道我的母校直江津高中旁邊有一條大河嗎？」

「我不是無所不知，只是剛好知道而已。」

「真懷念啊！」

這是我以前常聽的臺詞。

這麼說來，小憐和羽川的交情挺好的。

「不過最近斷了音訊耶～～這也是沒辦法的。哥哥現在還有和她聯絡嗎？」

「唔～～總之，偶爾會。最近的話……嗯，只在不勉強的程度……」

一聊起羽川就聊不完，我不禁想沉浸在這份懷念的感覺，但我回到正題。

「所以妳知道嗎？還是不知道？」

「知道喔。應該說，不久之前也和部門的大家去露營釣魚。」

「………」

不只是青少年時期，她現在也是整天往外跑。

這丫頭也太野了。

雖然終究不會穿這樣出門，但她在家裡依然都穿運動服。

而且社交性和學生時代一模一樣，羡煞我也。

而且，原來那條河也可以釣魚啊。

白天潛水的時候，確實看到挺大的魚在河裡游動。

「那條河好像連續發生溺水意外。孩子接連溺水，引發奇怪的傳聞。我的第一份工作就是調查這個傳聞。」

「是喔，溺水意外啊。這就是我不知道的事了。我毫不知情就在河邊露營。我做了壞事嗎？」

「不，應該不算壞事吧。」

在好幾個孩子溺水的場所快樂釣魚毫無同理心……如果抱持這種想法，做什麼事都會綁手綁腳。既然溺水的孩子之中還有人沒脫離險境，或許確實得顧慮一下，不過人生在世總是得在某些時候割捨某些東西。

「那麼小憐，當時妳有發現什麼奇怪的事嗎？」

「怎樣的事情才算奇怪？」

「唔～～……像是容易溺水的地方，或是容易打滑的地方……或是露營的時候，有沒有人突然身體不舒服……」

畢竟案件本身就撲朔迷離，所以相關的問題也自然變得籠統。維持直腸子個性長大成人的火憐似乎聽不太懂，她面有難色雙手抱胸。

「沒發現什麼問題，玩得超開心的。」

「這樣啊……我再問一個問題當參考。參加那次露營的成員都是同事？有沒有人帶家人來？也就是說……前輩帶孩子參加之類的。」

「嗯？沒有喔。都是成年人。」

這樣啊。

那麼就目前所知，果然只有小孩子溺水。

我想起忍的那句話：「五件之中有四件不是意外，是案件。」

雖然說得很具體，但我再怎麼問，她都不肯說得更詳細。以她愛吃的甜甜圈誘惑她也沒用。

看來忍有忍自己的基準。

不是幫人，是幫我的基準。

風說課的大家好像是因為我能和怪異溝通而重用我，但我在這方面恐怕無法回應這份期待。

這麼說來，記得五人之中有三人供稱被「看不見的手」拖進水裡？除了昏迷住院中的一人，四人之中有三人——反過來說，四人之中有一人沒這麼說。

五個事件之中有四件不是意外，是案件。如果將忍的這個鑑定照單全收，那麼五個事件之中有一件不是案件，是意外——應該是四人之中沒看見「看不見的手」的那個孩子吧？

這麼一來，我反而在意那個孩子會提供什麼樣的證詞。

「是否看見『看不見的手』」這個問題本身就相當奇怪，不過怪異奇譚就是這麼回事。

不能當成「童言童語」帶過，要好好驗證。

雖然已經寄電子郵件回報，不過吃完飯重新將這個方針告訴周防小姐吧。

雖然不是套用「舊瓶裝新酒」這句比喻，不過這時候就向傳統的專家看齊，親自跑一趟吧。雖說是傳聞，但是有時候只聽人說也沒什麼頭緒。不過也是因為我個性比較差，會想知道「朋友的朋友是誰」這種雞毛蒜皮的小事……

「什麼嘛，哥哥，這麼勤快？我知道你嚮往這種實地工作，不過研修期間明明可以過得悠哉一點啊？」

「畢竟難得在家鄉研修啊。我對這裡很熟，想好好發揮一下。」

「明明連那條河都不知道還講這種話？不提這個，要不要去見見老朋友？就算羽川姊姊和月火一樣在海外，你沒有其他想見的人嗎？」

羽川的海外與月火的海外，在意義上大不相同就是了……不過，這麼說來，我周圍前往海外的傢伙還真多。難道在我的高中時代，身邊盡是在日本不會被看好的高材生？

不提這個，說到我想趁這個機會見面的老朋友……哎，終究不是完全沒有就是了……雖然現在也一樣，但我以前的人際關係差到難以想像。

交朋友會降低人類強度。

記得當時是這麼說的。

這也單純反映出我孤僻的個性，不過我有那種想見面但是見面會尷尬的人。而且很多。

想到這裡，我深刻覺得自己的青少年時期過得很糟糕。

我有所自覺，但現在再次確認。

即使見面，或許也會遭受「該死的特考公務員」這樣的唾棄。我甚至有這種被害妄想，難以抱持衣錦還鄉的心態。

為什麼我非得冒出像是逃犯的心情？

「也對。雖然這麼說，但我好歹去見神原一面吧。那傢伙現在在做什麼？我只知道她考上體育大學……順利的話，現在是四年級？應該不像月火休學吧？」

「那個人現在立志要成為 Doctor 喔。」

火憐回答了我的問題。

對喔。這麼說來，這傢伙和神原的交情比羽川還好。

因為都是運動健將……對對對，說起來是我介紹她們認識的。

發生過這種事耶。

我感慨萬千。

「喔，Doctor 啊。所以為了拿到博士學位，她再度用功考研究所是吧。哎，就我所知，那傢伙其實很聰明……」

「啊啊，哥哥，錯咧錯咧。」

火憐不知為何以關西腔糾正我的誤解。

「我說的 Doctor 不是這個 Doctor，是另一個 Doctor。」

「哪個 Doctor？」

「醫生的那個 Doctor。」

「醫生？」

005

雖說要和久別的知己重逢敘舊，但我會在家鄉逗留約四個月，所以我認為沒什麼好急的（這種想法助長我那不可原諒的孤僻個性），不過人的緣分就是這麼奇妙，隔天我以出乎意料的形式，再度見到高中時代的學妹——神原駿河。

隔天我從上午開始，和周防小姐一起依序造訪溺水孩子們的住處蒐集情報，可惜沒獲得成果。

就只是再度確認已經知道的事。說自己看見「看不見的手」的孩子始終主張自己看見，說自己沒看見的孩子主張自己絕對沒看見如此而已。

聽得到他們親口這麼說，要說這是成果也勉強算得上吧（對孩子問話並不容易，但周防小姐在這方面真是了不起），只不過，既然溺水的五人之中已經見到四人，我們決定也見最後一人。

雖然那孩子處於無法說話的昏迷狀態，但是周防小姐這麼說。

「光是知道當事人的長相，工作動力就會不一樣喔。」

原來如此，我對此毫無意見。

就這樣，我們買了探病用的花束，前往最後一人（雖然這麼說，不過這孩子好像是溺水的「第一人」）所住的醫院。

「喔喔！不得了，這個腳步聲不就是阿良良木學長嗎！」

我在櫃檯聽到這聲充滿活力的招呼。

終究是在醫院裡，所以不像高中時代以音速飛奔過來，但我轉身一看，位於另一頭的無疑是神原學妹。

頭髮好像又留長了，是及腰的長直髮。

身上穿的則是護士服。

咦？根據我的情報網，神原不是立志當醫生嗎？

在玩角色扮演？

「是打工，打工。我在兼職打工。純粹幫忙一些行政工作，不是護士。只不過，如果沒穿類似的衣服就不像職員，容易令人搞混，這是醫院的方針。」

確實，她沒戴護士帽，而且仔細看就發現她只是在女用上衣外面加披一件開襟外衣……感覺這就某方面來說反而容易搞混，不過這也是一種服裝規定吧。

畢竟我也被要求在研修期間必須穿西裝打領帶。

「所以……打工？」

「嗯，得賺學費。因為我滿二十歲之後，爺爺奶奶就完全停止金援了。我連房租都是自己繳喔。」

神原挺胸說。

不把學長當學長的囂張態度一如往昔，但這確實是可以抬頭挺胸的事吧。哪像我直到大學畢業都是完全靠家裡出錢。

無論如何，雖然她活潑的氣息與精神百倍的態度（以及囂張的態度）和高中時代一樣，但是二十二歲的神原駿河當然成熟多了。大概是碰巧看見她認真工作的光景，因而加深這份印象吧。

明明以為她還是學生……

被她超前領先的感覺強烈到不行。

「怎麼了，阿良良木，你們認識？那我先走，你隨後慢慢跟上吧。」

「啊，不，周防小姐……那個，可是，現在正在工作……」

「沒關係沒關係，交流也是我們的工作。地緣關係要顧好喔。」

周防小姐不容許我反駁，將我留在原地，獨自快步前往目標孩子住的病房。真是一位作風強勢卻令我感謝的前輩。

「抱歉了，神原。妳也正在工作吧。」

「不，沒關係喔。早上最忙的時間剛過，我正想休息一下。」

真是如此嗎？還是她顧及我的感受？我不知道真相，不過聽她這麼說就放鬆許多。

如果是我所知道的高中時代神原，答案肯定是前者吧，但如果是習得勤勞真義的她，答案也可能是後者。

總之，既然被留在這裡，我決定聽從周防小姐的建議。我和神原移動到休息區。我也多少想有點學長的樣子，所以在自動販賣機買的飲料由我請客。

「記得阿良良木學長當上刑警，剛才的美女是前輩？我不知道您回來這裡。打個電話通知不是很好嗎？」

「因為還在忙各種事情。我原本想等穩定之後再聯絡。」

聽起來像是藉口，實際上也是藉口，但我們一邊這麼聊，一邊以罐裝飲料乾杯慶祝重逢。彼此都已經是可以喝酒的年紀，但現在是上午又正在工作，所以還是自制了。

「妳是聽誰說我成為刑警的？」

我以為是火憐。

「扇學弟說的。」

但她這麼回答。唔唔。

那麼，看來最好認定我的情報大多洩漏出去了。

「聽他這麼說的時候，我感慨心想那個人也終於成材了。」

「妳以為妳是誰啊？」

「要在這裡工作嗎？我還以為阿良良木學長再也不會回來，以為我們就此天人永隔了。」

「不，始終是研修期間待在這裡，之後還不曉得……妳剛才說天人永隔？」

一切都不好說。

我好歹是國家公務員，所以雖然不是在說職棒選手，但我也一樣無法自行決定自己的去向。

想到臥煙小姐的計畫也可能介入其中，就更無法斷言了。

「神原妳呢？為什麼是醫生？我一直以為妳的目標是職籃選手……現在的職業籃球還有女籃嗎……不過，像是企業球隊之類的……」

「啊～～籃球的話，我覺得已經功成身退了。現在還是會當成興趣繼續打。假日和同伴一起打。」

「『同伴』啊……」

我在大學生活從來沒用過這兩個字。

充實的學生生活，羨煞我也。

「是喔。不過妳說想當醫生……從運動員到醫生，妳在人生大海這樣轉舵不會很極端嗎？」

「不，我在應考階段就這麼想了。我選擇體育大學是想繼續運動，不過選擇醫學系是預先規劃的……我想當運動醫生。」

「運動醫生……」

記得是……防範運動時的意外或傷害於未然，或是協助復健訓練的醫生？

啊啊……

聽她這麼說完，我恍然大悟。

我想起來了。我還在這座城鎮就讀大學的時候，神原和老友重逢。再度遇見昔日在比賽受傷、被迫退出第一線的勁敵。

雖然正確來說不是受傷，但神原自己也有一段時間無法使用左手臂，從球場脫離戰線。她選擇這條出路，是基於這段痛苦的體驗吧。

真是了不起。

學妹太耀眼，我好像要被淨化了……

「只會聊胸部與內褲話題的那個神原駿河居然……真是賺人熱淚的佳話。」

「我認為應該有聊更多不同的話題吧？」

「那妳現在也沒在看ＢＬ小說了吧？」

「這我現在還是很愛看。」

這樣啊。

無論如何，被問到為什麼成為警察時，回答「因為爸媽是警察」的我，和她比起來差太多了。我完全配不上這個學妹。

這個學妹太成材了。

能夠偶然遇見她真是太好了。

即使現在的神原變成怎樣的傢伙，我都肯定會抱持這種想法吧，所以當我真的要見她的時候肯定會猶豫。

說到父母，神原的母親正是臥煙小姐的親姊姊，那麼成為臥煙小姐布局用棋子的人，本來可能不是我而是神原，不過看來已經沒這個可能性了。

這段緣分看來已經斷絕。

一刀斬得乾乾淨淨。

雖然不想承認，不過騙徒貝木泥舟好像搶先臥煙小姐一步，斬斷這段麻煩的緣分。這些傢伙個個都是預見未來在行動。

我也能成為那樣的大人嗎？

「這條路不好走就是了。我已經差點灰心好多次。如果能夠就這麼以某種形式參與醫療領域就心滿意足……我也開始像這樣面對現實。籃球也是，雖然我剛才說『功成身退』，但或許只是昔日被稱為超高中級的我，來到大學這個階級之後受到挫折罷了。」

「…………」

「世界很大喔。我原本以為沒人比戰場原學姊恐怖，不過升上大學一看，比那個人還恐怖的學姊比比皆是……雖然沒有比她更讓我喜歡的學姊，但我實際感受到自己的視野多麼狹隘。」

「……說得也是。這個世界有很多怪人。」

我由衷同意。

出社會之後，這份實感也延續至今。

即使風說課是臥煙小姐授意成立，但我想都沒想過這個部門居然有吃下「人魚肉」成為人魚的女性。

因為被鐵血、熱血、冷血的吸血鬼吸過血，我不否認內心某處認為自己與眾不同，不過齊聚在風說課的成員們，每個人的經歷都足以輕易推翻我這種自以為是的心態。

十萬人只出一人的英才，以全球規模來看也不算稀有。就是這麼回事。

「有怪人，也有高人。獨一無二的怪物，大概只有羽川吧。」

「是啊。」

神原露出微妙的表情。

雖說她和羽川鮮少在私底下來往，但還是對那傢伙留下深刻的印象吧。

「那個人，現在還好好活著嗎？」

「還活著……的樣子。因為她如果死掉，我會收到通知。」

「這是哪門子的人生啊？聽到這種事，就覺得現在可不能半途而廢了。」

神原說。

如果競爭對象是羽川，一般來說都會失去幹勁，不過風靡一世的巨星在這方面果然不一樣。

骨氣不一樣。

看來她不想以高中時代的榮耀當成回憶度過餘生。

「話說回來，阿良良木學長，您來醫院有什麼事？」

「別再叫我學長了。畢竟我們彼此都不是高中生了。」

「對我來說，阿良良木學長永遠是我的學長。」

「妳這個學妹真的太成材了。」

由衷這麼說的我，覺得這也是一種緣分，決定直接問她。這間醫院很大，我不認為打工的神原記得住所有患者，但是因為昏迷住院的孩子應該不多。

「正如妳的推測，我是來工作的。妳知道叫做——的孩子嗎？」

「啊啊，河裡溺水的……那條河明明沒那麼危險才對，難道和我知道的那時候不一樣了？」

神原理所當然般知道。

妳也是露營組的？

不過我早就知道了。

「既然警察來醫院，那麼你們判斷這個事件是蓄意犯案？比方說是某人害他溺水，或是把他推下水……」

「判斷是否是蓄意犯案就是我的工作。不是的話就好。不過既然有人溺水，不管是不是，應該都不能說『好』吧……那孩子現在的狀況怎麼樣？」

「我沒有直接參與治療所以不好說，但是狀況好像不太好，沒有清醒的徵兆……就像是靈魂被挖走。」

「靈魂……」

記得河童挖走的叫做尻子玉？

但我不知道尻子玉是什麼東西就是了。唔唔……

「接下來我說的麻煩保密。那條河接連發生類似的意外，這樣下去，那個區域可能必須封鎖。」

「怎麼這樣……真的封鎖的話，我們今後到底該在哪裡和同伴露營？」

聽她這麼問，我內心的仇恨值突然高漲，覺得封鎖那裡好像也不錯。該在哪裡和同伴露營的這個問題，我至今從未想過，今後也不會想。

「那麼阿良良木學長，請您想辦法避免這個結果……我可以這樣懇求嗎？」

「只是懇求的話沒差，不保證能如妳所願就是了。這是公所決定的事，我的工作始終是搜查。」

「是喔。那我去公所懇求就好吧？」

她真的可能這麼做，所以很恐怖。

積極的行動力甚至比高中時代加倍。

她和我不一樣，從學生時代就結交很多好友，所以應該也有朋友任職於公所吧……我這麼心想。但我在這個時候無從得知，我學生時代少數認識的人之中，居然真的有人在公所工作。

006

離開醫院之後，我和周防小姐再度前往案發現場的河流。風說課的職務和一般的警察工作不同，所以我苦於無法巧妙活用在警校學到的知識，但像這樣「案發現場跑百遍」就頗有刑警的樣子。

不過這才第二遍。

而且周防小姐好像打算在這第二遍做個了斷。

「因為除此之外還有各種案件待辦中。即使表面上是閒置部門，其實還是很忙的。」

也是啦，僅止於口耳相傳的風聞卻得逐一檢驗，等於只以少數人進行地毯式調查。

先別說我是男生，是年輕人，或是有吸血鬼屬性什麼的，在這之前，我的研修單純被當成一個完整的戰力而受到重用。

目前沒能回應這份期待就是了……我得加把勁。

「神原……就是剛才那個學妹，以前好像也會來這裡露營，但她說當時不覺得哪裡奇怪。我不方便說得太詳細，但那個傢伙在怪異這方面也不是門外漢，所以如果水裡躲著什麼東西，她即使察覺也不奇怪……」

「這樣啊……不過阿良良木，住在你影子裡的吸血鬼小妹明確說過『有東西』對吧？」

「是的。不過她只這麼說，完全沒有具體說明是什麼東西……」

「非常好。光是這樣就前進一大步了。不提這個，我得說聲對不起，我剛才不識趣打斷你和學妹聊天。」

「別這麼說，反正約好改天再見面了。」

不過，這個約定是否能實現還很難說。

剛才正因為是沒預先說好的巧遇才能聊這麼久，不過得兼顧學業與工作的神原好像很忙，大概比我還忙。而且假設她會放假，我也希望她能把好不容易獲得的寶貴假期，用在和現在的朋友一起打籃球或露營。

我不希望神原擴展開來的視野，在我厚著臉皮回來之後變得狹隘。

恐怖的學姊比比皆是，卻沒有比戰場原更讓我喜歡的學姊——那傢伙雖然這麼說過，但我不免認為這也是出自她的一份貼心。

貼心嗎……

既然那個沒禮貌的學妹學會顧慮他人，比起重逢，我或許更應該為此感到高興。不過這份顧慮，或者說是客氣，隱約令我感到惆悵。

希望她始終都是沒禮貌的學妹……這種想法是我一廂情願，而且真要這麼說的話，我肯定也無法一直是她心目中「尊敬的阿良良木學長」。

永遠。

而且以那傢伙現在的年紀，即使有個認真交往的對象也不奇怪。神原駿河不會永遠是我心中那個十七歲的高二學妹。

戰場原黑儀嗎……

那個傢伙現在在做什麼？

「唔。怎麼啦，阿良良木警部補？瞧你一臉陷入沉思的樣子。難道是想起以前交往的女友？」

真敏銳。不愧是刑警。

與其說是刑警的直覺，比較像是女人的直覺。

「不是以前，我們現在也還在交往。她是我從高中就在一起的女友……一起上同一所大學，分手兩次，復合兩次。」

「是喔，那你這樣懷念不是很奇怪嗎？怪怪的。你們沒在大學畢業的同時同居嗎？」

「就學的時候同居過一次……不過那傢伙去海外的企業工作了。」

而且是跟著父親的腳步。

我知道黑儀的父親任職於外資企業，不過說來驚人，她被競爭對手的公司錄用。從她選擇同業的另一間公司，就看得出她毫不隱瞞自己對父親的自卑感，但她嶄露頭角成為銳氣十足的金融交易員，如同要報復昔日在民倉莊的負債生活，講得誇張一點就是世界經濟的推手。

我就讀警察學校的這段期間，她居然做出這種事。

說真的，你們這些傢伙個個都喜歡海外。

缺乏愛國心。

「阿良良木，你也不是刻意回到家鄉吧？那你憑什麼自詡是愛國人士？依照臥煙小姐的宗旨，日本人在海外活躍是應該慶祝的事。如果能夠建立日僑那樣的人際網路不是很棒嗎？這或許是臥煙小姐的最終目標喔。說不定她想把人才送進ＦＢＩ或ＭＩ５之類的地方。」

周防小姐這麼說。我難以分辨她是開玩笑還是當真。

「總之，建議你們經常保持聯絡以免自然分手。尤其刑警要結婚可不容易。像我就職之後已經分手五、六個了。」

感覺也和她自己的特質有關，但還是不說為妙。

糟糕，個人隱私有點公開過頭了。

雖說是開放的職場，但也不是什麼都可以說。

不過，這份忠告我就好好收下吧。周防小姐不是以刑警這一行的前輩，而是以人生這條路的前輩身分給我這個建議。

生性孤僻又懶得寫信的我，至今就這麼錯過各種良緣。現在回想起來，真佩服自己能夠復合兩次。得小心避免發生第三次。

「所以，周防小姐，那孩子的狀況怎麼樣？」

結果我在休息區聊開的那時候，周防小姐比我預估的還早離開病房，所以我沒能看見住院中的最後一個孩子。

「我也沒看見。因為謝絕面會……直到昨天都沒這樣，但他的病情好像惡化了。這件事或許要盡快處理。」

「……………」

「幸好我從負責的護士小姐那裡取得完整的個人情報。那孩子是雙薪家庭，常常一個人看家，應該說沒人照顧，但他個性開朗到不令人這麼認為，孩子們一起玩的時候也是率先帶頭的類型，才會因而溺水。」

這種事在醫院裡不方便講。

周防小姐急著處理這件事，或許不只是因為待辦案件很多，也是基於這個理由。她給我的印象是始終把工作當工作俐落完成，不過即使沒親眼看見那孩子，她的幹勁好像也提升了。

「開朗的孩子少一個玩樂的場所，這樣不太好。」

我說出這種可有可無的感想。

感覺像是暴露我這個人多麼膚淺，我羞愧不已，不過這麼一來，先前「用來和同伴一起露營的河岸還是封鎖算了」這種丟臉的仇恨心態已經煙消雲散。

「雖然是我自己的推測，不過既然沒有成年的受害者，感覺是只衝著孩子下手……是的，我妹妹不久前好像也來釣魚，但當時沒發生問題。」

「火憐是吧。」

「您知道阿良良木家這個不肖卻讓我引以為傲的妹妹？」

「因為動不動就很顯眼。那種開心果很討人喜歡喔。要是她加入風說課該有多好。」

雖然周防小姐說，但這應該不可能吧。那個傢伙的角色定位，和都市傳說或怪談是完全相反的類型。

坦白說，我被騙徒害到的家人就是那傢伙，但是無須我掩飾，她堅持不承認自己身體出狀況的原因在於怪異。如果我像她那樣頑強，應該就不會淪落為吸血鬼吧。

成為人魚的周防小姐，說不定也正因為有這種感覺，才希望風說課能有這樣的開心果。

「我們部門沒有這種開心果。所以身為那孩子哥哥的阿良良木你，才會備受大家的期待。」

「抱歉我是個不開心果。」

「別這麼說。那麼，雖然不太願意，但我們也學火憐釣魚玩樂吧。」

周防小姐說著脫掉上衣，將衣服交給站在旁邊的我，接著包括底下的襯衫、窄裙、絲襪與吊襪帶都一件件脫掉。

就像是在自家浴室般輕鬆脫衣。

雖然已經預先聽說，不過她毫不遮掩的舉止使我慌張起來。我甚至覺得昨天在樹後偷偷摸摸換裝的自己很丟臉，她的態度就是這麼大方。

只不過，周防小姐終究是將泳衣穿在底下過來。

泳裝和忍昨天穿的一樣是連身式，不過相較於幼女，穿在成年女性身上終究相當豪放，別有一番風情。

最後她脫掉高跟鞋，開始拉筋做體操暖身。

「我來當餌吧。」

這大概是借用繪本《小黑魚》裡的那句「我來當眼睛吧」，但她只以這句話就清楚說明這次的作戰。是的，吃下「人魚肉」成為人魚的她，全身上下都是極品美食。

甚至不能在她面前叫出吸血鬼。

昨天是我踏入河流，不過今天是周防小姐潛入河水要吸引怪異上鉤（前提是真的有）。覺得「人魚肉」美味的可不只是吸血鬼。

在所有怪異眼裡，人魚是「食材」。

如果沒有不老不死，應該早就被濫捕絕種了吧。

基於這層意義，已經成為百分百人魚的周防小姐，可以說比活了六百年的吸血鬼還要稀有。不過對她來說，這計畫當然不只是「不太願意」的程度。

化為人魚引出怪異，以自己當餌的這個作戰，前提是要她成為昔日厭惡至極的「半魚人」。從她昨天距離水岸那麼遠就知道，對於周防小姐來說，這還稱不上是她已經克服的心理創傷。

「沒錯，我至今不知道想自殺多少次。不過就算死掉也會立刻復活，所以我連自殺都嫌煩了……」

「……不死之身的吸血鬼，死因據說有九成是自殺。」

「對。可以死掉真令我羨慕……我以前應該這麼想過吧。」

周防小姐聳肩說。

因為是無肩帶的款式，所以聳肩動作明顯到不必要的程度。

「身體一半變成魚，總歸來說就是一種退化。我內心還很脆弱的那時候，皮膚變成鯊魚皮真的很想哭。不過如果哭出來，鱗片會隨著眼淚增加，所以我讓內心堅強起來忍住了。剛開始會將鱗片一片片拔掉，但是一旦拔到出血，鱗片又會增加。身體一半是魚，肉體七成是水，所以真的不知道該如何是好。」

「…………」

「啊，抱歉。這個自虐的話題害你倒胃?別在意，因為這種難受的回憶，如今可以活用在工作上。活用長處的工作很重要，但活用短處的工作也不錯。能讓自己活得久的工作當然不用說。」

一邊說一邊做完熱身操的周防小姐快步走向河邊。她的腳步已經沒有迷惘，看來下定決心了。

能代替的話我很想代替，只可惜從昨天的結果來看，吸血鬼好像無法成為美味的誘餌。鐵血、熱血、冷血的吸血鬼是怪異殺手，其存在本身就可能會引來怪異，反過來說也是所有怪異避之唯恐不及的存在，即使能把怪異當餌，也無法成為怪異之餌。

我能做的只有在一旁守護她。

「來，阿良良木，這一頭你拿著。發生狀況就拉我上來喔。」

周防小姐將繩子複雜地綁在身上之後，把繩頭交給我。與其說是釣魚，現在這樣更像是傳統的鸕鶿捕魚法。

不只是綁住軀體，而是包括四肢交錯頗為複雜的綁法，大概是因為身體化為人魚時如果能輕易掙脫，就沒有以繩子捆綁的意義了。

雖然不應該這樣想像，不過大概是因為剛才見到神原，總覺得這種綁法很像江戶時代名為「駿河問」的拷問法……這樣的繩頭握在手中，使我基於各種意義緊張起來。

這樣看起來像是我正要拷問周防小姐，只能祈禱沒人目擊了。如果有人報警……沒關係，我們就是警察。

但我還沒有這種實感。

「拜託你了喔，警部補。」

如同看透我內心的想法（要是真的被看透就很丟臉），周防小姐鄭重以階級叫我。

「我這副模樣或許不忍卒睹，但你要好好睜大眼睛，目不轉睛看著我。如果由我——由人魚當餌都沒出現任何東西，就可以認定只是普通的意外做結論。雖然那孩子不會因而清醒，受傷孩子的骨頭不會突然接回去，但至少能排除不合理的要素，也能抱持自信保證不會有更多人受害。失去未來的我們要一起守護看不見的未來。」

「……知道了。」

「好，順便提醒一下，如果我發生什麼狀況，你不要勉強救我，趕快向署裡報告。因為無論發生多麼糟糕的事態，我都不會死。比起主場在水裡的人魚，害怕流水的吸血鬼更是危險。你不必顧慮，儘管拋棄我吧。」

這實在不是隨口就能說的內容，但是周防小姐不等我理解，二話不說就喊著「那我走了！」跳向水面。非常美麗的拋物線，證實她如自己所說，曾經是前途有望的游泳選手。

007

碰到水會變成魚。

先不提原理，從因果關係來看，這句話字面上單純明快又易於理解，不過當我實際目睹這個現象——這個怪異現象時，就深深感覺和原先的印象不一樣。

和我想像的大相逕庭，相去甚遠，截然不同。

下半身是魚，上半身是美女——這是一般人的刻板印象，實際上卻是完全相反。不，即使是一般的刻板印象，如果這種合體真實存在，大概也很驚悚吧。

昔日神原駿河的左手被猿猴怪異附身，手肘以下變成猿猴的手，不過這姑且是同為靈長類的合體。

魚類與人類各半，這可沒有字面寫的這麼簡單，也是畫筆畫不出來的美。

我在事後得知，像是反向進化的這種合體，每次成為的形態都不一樣。像是接觸到的水量、水質、水溫、細菌含量等等，會因應狀況決定和哪種魚各半。水的狀況當然不用說，還會依照周防小姐自己的身體狀況決定。

這次是食人魚。

應該吧。

全身長出密密麻麻的鱗片，嘴裡長出密密麻麻的牙齒。

半魚人——她自己是這麼說的，不過像這樣看就覺得不是「半」，幾乎是全魚人。身為人類時的痕跡，只剩下勉強勾在胸鰭和背鰭的連身泳裝。

本應五花大綁的繩子好像也會很乾脆地解開，幸好纏著那件泳裝勉強維持形狀……我依照吩咐沒有移開目光，但她的模樣壯烈到堪稱悽慘。

令人不禁瞠目結舌。

「食人魚還算好喔。」

這也是周防小姐事後說的。

「因為有時候會變成深海魚或軟體動物之類的——可不是噁心那麼簡單。如果是魚的話還算討喜，但是和人類對半組合起來就爛透了。乾脆和儒艮合體該有多好……不過即使同樣是水生生物，哺乳類終究還是不行的樣子。」

這麼說來，也有人說人魚的真面目是儒艮或海牛……忘記是什麼時候，我聽羽川說過儒艮的肉非常好吃。

或許這也是連結到人魚傳說的原因。

為了避免接連發生的五件溺水意外連結到新的怪異奇譚，周防小姐縱身跳進水底。但是成為食人魚也徒勞無功，沒發生任何明顯的變化。

沒有任何怪異——河童或重蟹都沒出現。

沒有企圖捕食人魚的動靜。

即使長相變得凶惡，應該也沒有失去理性吧，周防小姐就這麼潛到河裡深處游泳。握著繩索的我，感覺一不小心就會被拖進河裡。

大概是成為以鰓呼吸的模式，她好像不用換氣。

總之，釣魚也不是立刻就會有獵物上鉤……這時候應該耐心等候吧。

沒釣到就沒釣到，對於風說課來說，這也可以說是理想的結果。還是說，以誘餌引獵物上鉤的想法是錯的？

即使「人魚肉」是美食，怪異應該也有自己喜歡的口味……這麼一來，周防小姐就白脫了，應該說白變身了……不對，周防小姐這樣的人肯定不會認為這是白費工夫。

她知道做白工正是勤勞的本質。

身為後輩，我要好好學習她的這種態度。

如此心想的我坐在河岸。既然會成為長期戰，與其隨時處於緊張狀態，我應該養精蓄銳，以便在十萬火急的時候立刻應對吧……我沒有釣魚的嗜好，不過釣魚的人肯定不是隨時繃緊神經。

肯定是靜待獵物上鉤。

話是這麼說，但是為了避免不小心鬆手，我將繩索繞好幾圈固定在手腕。這麼一來，如果周防小姐即將被吃……我也只會一起被吃？

但如果變成這樣，我想忍終究會救我吧……

「別抱持稱心如意之期待啊。」

就在這個時候，我的影子傳出聲音。

「若是汝之生命遭遇危險，吾確實會迅速行動。然而人魚遭遇危機時可不在此限。」

「咦？」

我反射性地反問，但影子沒回應。

怎麼回事？什麼意思？忍在這種正午時間醒著就令我驚訝了，她像是忠告的這段話也令我驚訝。不對，不是忠告，是告誡自私自利的我？

高中時代，我確實因為過於依賴忍的能力而遭遇悽慘的下場。濫用吸血鬼的技能，把忍的能力當成自己的東西活用，弄巧成拙到令我招架不住的程度。要不是臥煙小姐，我恐怕沒辦法活著從高中畢業吧。

所以我知道，即使風說課的成員在這方面依賴我，我也絲毫不應該抱持「忍會在危險的時候想辦法」這種想法。

不過，她現在告誡的只有這一點嗎？

別抱持稱心如意的期待，這句話一點都沒錯。所以忍不會過度幫我。即使透露這次的案件有怪異介入，也沒說明具體的內容。

就某種意義來說，她的態度堪稱比忍野還慎重。

這是慎重又踏實的態度。

不過，問題在於接下來那句話。人魚遭遇危機的時候不在此限。

忍是這麼說的。

是這麼暗示的。

反過來說，是不是在這個時候，真的是在此時此刻，人魚——周防小姐正陷入危機？

「周防小姐！」

我就這麼不明就裡，依照自己的直覺——依照火憐所說的「衝動與情感」站起來，使勁猛拉繩索。

雖然拉了，卻動也不動。

吸血鬼體質的後遺症，導致即使沒鍛鍊依然全身肌肉的我力氣絕對不小，但是如同大魚上鉤，我即使用上全身體重也捲不回繩索。

不只如此，還慢慢往前。

繩索逐漸被拖進河裡。

周防小姐想在水裡移動？

不對，不是這樣。

雖然水面反射光線看不清楚，但她在水裡打滾般掙扎，簡直像是溺水——明明是人魚卻溺水？

像是陷入呼吸困難的缺氧狀態——明明以鰓呼吸卻缺氧？

「…………！」

無論如何，周防小姐現在絕對不是能和我互拉繩索的狀態……無論怎麼想，人魚都正在遭遇「危機」。那麼，現在拉扯這條繩索的力量來自哪裡？

「看不見的手」？

不只周防小姐周圍，即使我試著仔細眺望周邊各處，或是仰望天空的盡頭，都沒有出現像是怪異的東西。連形成怪異之前的「髒東西」我都細心偵測，卻完全感覺不到問題。

我已經不是高中時代的我。

即使不能說所有怪異都逃不過我的法眼，但是明明發生這麼明顯的異狀，我不可能連任何線索都感覺不到。

溺水孩子們宣稱親眼看見的「看不見的手」，我肯定也看得見。難道說，這不是怪異現象？如同五個孩子溺水，周防小姐也只是溺水？單純是第六起溺水意外嗎？

現在不是思考的時候。

既然拉繩索沒用，我就應該放棄這個做法。可惡，早知道我也應該穿泳裝過來。我一邊後悔一邊跳進河裡。

可惜我的動作不像魚兒美麗，反倒像是不良示範般在水面彈跳。

跳水的時候，如果沒讓身體接觸水的面積減到最少，就和摔在水泥地面沒什麼兩樣。我剛才的彈跳就是這麼回事。然而接下來就不能這麼解釋了。

我在水面打滾，就這麼滑到周防小姐掙扎位置的正上方，而且——而且沒沉入水中。簡直像是整條河凍結。不過河沒凍結，是正在流動的液體。

即使如此，我的身體也沒沉沒。

雖然像是坐在輸送帶般朝下流移動，卻不是無法抵抗。只要笨拙使用手腳，就可以維持在周防小姐正上方的位置。

但是，我無法接近。

無法下沉。

即使不是冰，不過人魚看起來像是封閉在水床裡。不是「看不見的手」，是「看不見的袋子」。我用盡辦法都沒能突破。

即使用力一拳打下去，也像是打中果凍般輕鬆反彈。

逼不得已了。

沒有考察的餘地，這是怪異現象。已經超過風說的範圍。

但這到底是哪種怪異？引發這麼異常的現象，卻依然絲毫沒現身……

「……不對。」

假設不是因為怪異所以看不見，是因為透明所以看不見……

假設只因為是高透明度的「水」才會看不見……

不是河童，不是人魚，也不是重蟹。

「——這條河本身就是怪異嗎？」

難怪連人魚都會溺水。

以陸地上的狀況來說，就像是空氣露出獠牙。人類再怎麼抵抗都無法承受氣壓的變化。而且即使是以鰓呼吸，到頭來同樣是在呼吸氧氣。

所以即使是魚，在氧氣濃度低的水裡也會窒息。

只是把金魚放進水槽不算養魚，這是同樣的道理。必須好好設置氧氣幫浦，否則就會呈現金魚群在水面張口呼吸的活地獄光景。

水裡是人魚的地盤，但如果水本身成為敵人，任何人魚都只能溺死。

不。

能溺死還算好。

周防小姐不會死。和吸血鬼一樣不會死。不，她沒有陽光這種明顯的弱點，單純看不死能力的話遠遠凌駕於吸血鬼。若說我經歷過地獄般的春假，現在周防小姐真的正在經歷人間地獄。

「可惡！可惡！可惡！」

即使試著不斷搥打水面，也看不出成效。甚至光是維持在原地就沒有餘力。我維持著「趴在水面」這種奇蹟般的姿勢，卻做不到「沉入水中」這種天經地義的事。

總覺得河水的流動也變快了。

我以繩索和周防小姐固定在一起，所以勉強免於被沖到下游，可是這麼一來立場就對調了……本來明明是我必須拉周防小姐上岸，我卻只能眼睜睜看著一直溺水的周防小姐——一直溺水，想死都死不了的周防小姐。

只能看著她。

而且，光是這樣就夠了。

即使不斷以全身掙扎，接連不斷地溺水，無法呼吸也發不出聲音，但是透過水面仰望我的周防小姐——周防刑警，絕對不是在向我求救。

她以食人魚的堅強雙眼，以蘊含堅定意志的雙眼，對我表達某件事。

嘴巴反覆開闔，想告訴我某件事。

她的樣貌，她的模樣，實在不像是「差點溺水的金魚」。但即使周防小姐在大喊某件事，即使想將脫離這個困境的妙計傳授給我，既然她在水裡，那她再怎麼叫也傳達不到我耳裡。

因為能和怪異溝通而受到期待的我，對於現狀感到心急如焚。我凝視周防小姐的嘴，試著使用自己一竅不通的讀脣術，但是食人魚的嘴巴動作無從解讀。

就在我悲嘆無助的這時候，我的身體突然陷入水中。為了不被沖走，我違反教戰守則增加接觸面積，以全身體重穩住身體，但我卻突然——理所當然般沉入水流。

就像是掉進洞裡，筆直落向周防小姐。

無須思考就知道發生什麼事。

周防小姐不是在叫喊，是在唱歌。

「人魚之歌」。

既然「人魚之肉」讓人不老不死屬於常識範圍，那麼「人魚之歌」讓船沉沒也在常識範圍。再怎麼不可能沉沒的船都會沉沒的人魚之歌，用在區區人類身上當然不會無效。

這樣我就碰得到周防小姐了。

不過，同樣無須思考就知道，周防小姐並不是要我這麼做。

面不改色說出「出事的時候拋棄我，自己逃走吧」這種話的她，我當然可以預測她在緊要關頭還是會向我求助，但如果不是這樣，那她要我做的事情就很明顯了。

「看不見的手」。

不過，不知道是我受邀進入水床內側使得反射率改變，還是我將氣泡打入河水使得透明度改變，我清楚看得見本應看不見的手。不是抓食人魚，而是抓鰻魚般穩穩抓住周防小姐全身上下的這雙手，我看得一清二楚。

但是，我肩負的職責並不是拉開這雙手。

我該做的是將抓住周防小姐的這雙手——由我主動抓住。

抓住像是求救般的孩童雙手。

008

接下來是後續，應該說是這個事件的結尾。

想以拳腳暴力解決怪異現象是多麼愚蠢的做法，我在高中時代明明就被專家忍野咩咩耳提面命無數次，我卻差點再度犯下同樣的過錯。說什麼「我已經不是高中時代的我」，無論我看不看得見怪異，要是做出完全相同的行為不就毫無意義了？

容易誤解也是我從高中時代至今的老毛病。

忍說五件溺水意外有四件不是意外，是和怪異有關的案件時，我自然早早認定沒看見「看不見的手」那個孩子的溺水是意外，但我錯了。看不看得見端看當事人的資質與狀況，如此而已。

即使作證看得見的只有兩人或一人，也沒什麼好奇怪的。

那麼，忍省略的那件「意外」究竟是哪一件？答案是「第一件」。去探視卻見不到面，謝絕面會昏迷不醒的那個孩子。

只有第一件是意外，另外四件是案件。

是怪異現象。

說到這裡，各位夠敏銳的話應該可以輕易得出真相吧……我太遲鈍了。

總歸來說，後來的四件——將後來那四個孩子拖進水裡的「看不見的手」，其實是「第一人」的手。不，「拖進水裡」這個說法也不算正確。

因為那雙手只是在求救。

「就像是生靈。依附在水裡的生靈。難怪那孩子遲遲沒清醒。因為那孩子的意識化為害自己溺水的河水，一直在這裡溺水。」

從水裡上岸的周防小姐傷感地說。

以浴巾擦拭身體之後，擦乾的部分逐漸回復為人類的肌膚。

「不知道那孩子當時多麼痛苦。像我光是溺水短短幾分鐘，就久違地冒出『死掉比較好』的念頭。」

「……我學妹說過，那孩子就像是靈魂被挖走。」

這麼早就給的提示，我實在沒能發現，不過敏銳的人或許當時就察覺了。靈魂不是被挖走，而是一直在溺水。

所以，那孩子在求救。不顧一切。

在夢中——在水中。

甚至化為水。

「說起來，那孩子只向孩子求救也很可悲。因為這表示他不信任大人。」

「…………」

對於生長在雙薪家庭，父母講好聽是放任，講難聽是放生的那孩子來說，如果大人不在他求救的對象範圍，確實挺悲哀的。

昨天我潛入河流最湍急的位置，那孩子卻完全沒反應，反倒像是屏息般隱藏氣息。想到這裡，我甚至冒出近似自省的情感。

啊啊，原來如此。

昔日即使升上高中，心理上依然幼稚到會和小學生快樂嬉戲的我，如今卻成為只有心理不成熟的真正大人。

只能成為自己能夠成為的東西。

或許這句話不只是用在職業，長大成人就是這麼回事。

我一直想找時間去北白蛇神社參拜，卻只有心裡想想，遲遲沒真正跑一趟，如今我好像知道原因了。想到現在的我或許看不見八九寺真宵，光是這樣就令我裹足不前。

不過，在我思考這種事的時間點，或許我就已經看不見各種事物了。神原的視野變得開闊，相對的，我的視野模糊到嚇人。

透明度幾乎是零。

不過，在這樣的破案過程之中，還是存在著一絲救贖。

說到成年人，年紀比我大的周防小姐，能讓「看不見的手」起反應。就像是先前將四個孩子拖進水裡，向周防小姐求救。

成為靈魂個體的「第一人」，基於生存慾望尋求「人魚肉」……雖然應該也可以這麼解釋，但我的解釋不一樣。

即使沒有如願見面，但周防小姐去病房拜訪過。

帶著花束，即使沒能問話，卻曾經想看看那孩子。

不是只當成檔案資料，不是只當成搜查情報，是當成活生生的一個人，試著好好面對——好好拯救病情嚴重的孩子。

正因為這份真摯的心意順利傳達，「看不見的手」才會依賴身為大人的她。在我追著她要跳進河裡時堅持拒絕我的那條河，卻唯獨不肯放開周防小姐。

……不，我真的該反省。

我和巧遇的學妹相談甚歡，將探視工作交給前輩，才害得自己落入無謂的困境。這種過錯在高中時代或許勉強可以原諒，但是成為公僕的現在就不一樣了，光是這個過錯就可能得引咎辭職。

不，高中時代對誰都想伸出援手的阿良良木曆，反而還比較寬容……我實在不敢說自己內心絲毫沒有「探視昏迷的孩子只不過是一種自我滿足」這種冷嘲熱諷的想法。

真好笑。

自我滿足明明是我的人生價值才對。

「別這麼自責好嗎？因為想自責的反而是我。在新來的菁英公務員面前出這種糗，我甚至想死一死算了。雖然死不掉。」

大致回復為人類外型的周防小姐，在河岸放鬆躺成大字形。毛巾擦得掉的水分已經盡量擦掉了，看來她接下來是想晒太陽慢慢乾燥。

不愧是已經習慣和這種體質相處的人。

不過以人魚的角度，與其說是進行日光浴，感覺更像是在晒乾貨吧。

「畢竟我也是溺水之後才察覺真相。我除了第一次進泳池就不曾溺水，所以反而覺得新奇，因為受到震撼才靈光乍現罷了。就像是死前訊息那樣。」

據說人類思考能力會在死亡瞬間突飛猛進到難以置信的程度……如果屬實，那麼對於擁有不怕死體質的人魚來說，這或許是相當有效的思考方法。

我也經常在生死關頭靈光乍現想出妙計（怪計），原來是這個原因嗎……事到如今，擱置五年的謎題終於解開了。

「不過這種思考方法完全不能拿來炫耀。而且那孩子的手，最後不是你抓住的嗎？這是我做不到的事。」

面對明明已經上岸卻不斷消沉的我，周防小姐像是在安慰般這麼說，可惜雖然這是事實，卻沒能安慰到我。

周防小姐之所以沒能握住孩子緊抓求救的手，只是因為化為人魚的她雙手變成魚鰭。

所以，周防小姐引導我進入水中。

我只是個被拒絕的大人，不只如此，還不斷毆打水床，周防小姐以「人魚之歌」邀請這樣的我進入水的世界——進入求救的靈魂內部。

所以我擔任代理人。

我只是代替周防小姐，握住向周防小姐伸手求助的孩子。光是這樣就夠了。光是這樣，河流就回復正常。

差點溺水的我，反倒是由周防小姐拉上岸。但因為她以食人魚的利牙銜著，所以我為了研修新買的西裝不只溼透，還被咬爛。

生命當然是無可取代的。

我的生命是如此，溺水孩子的生命也是如此。

「多虧阿良良木，那孩子的靈魂肯定也會回到肉體吧……這樣應該就能度過危險期，我想他很快就會清醒，再來就看醫生的技術了。」

「……他自己應該不記得曾經拖另外四個孩子下水吧？」

「天曉得。我想應該只是不顧一切亂抓吧……所以呢？你的意思是說，因為有孩子傷重到骨折，所以他即使只是求救，也要背負這個罪過嗎？」

「不，我當然沒有這個意思。」

「很像是菁英公務員的古板想法耶。」

「就說不是了。」

只不過，我高中時代的經驗，不樂見這件事單純以「溺水的孩子好可憐」帶過。但我也覺得自己成為警察，就是為了面對這種沒能釋懷的想法。

「總之，這裡就看在我這個前輩的份上原諒他吧。先不提我這個大人，以那四個孩子的狀況來說，好像是在溺水的時間點就鬆手了……等到那孩子的靈魂回到肉體，這條河應該也不會經常發生溺水意外了。河岸不會被封鎖，繼續成為可以和同伴一起露營或釣魚的場所。可喜可賀。」

像是講故事般迅速做結之後，周防小姐說「乾得差不多了，可以幫我拿衣服嗎？」轉移話題。這個人果然很寵孩子。

哎，算了。我也不討厭孩子。

至少高中時代不討厭。

「咦？這麼說來，周防小姐，雖然您是將泳裝穿在衣服底下過來這裡，不過都已經下過水了，您還要將衣服穿在泳裝外面嗎？」

「啊，糟了，我忘記帶內衣過來。又忘了。」

「您是孩子嗎？而且是『又』忘了？聽起來像是經常忘記……」

「唔～～畢竟已經不舒服了，變成食人魚的時候也幾乎露光光，要不要乾脆脫掉泳裝呢……阿良良木，對不起，明明剛認識沒多久，就讓你看見這種不檢點的樣子……」

「請不用在意。剛認識就半裸的女性我看慣了。」

「你的人生是怎麼過的啊？」

到最後，周防小姐在敞開的泳裝晒得夠乾燥之後套上衣服。由於外表變得英氣煥發，所以比身上西裝半乾又破洞的我更像刑警。

「那麼，回署裡報告吧。到時候課長肯定會分配下一份工作當獎賞。」

以自己溺水為代價拯救一個孩子的靈魂沒多久，她就擺出這種公事公辦的態度。雖然沒什麼說服力，但我也沒什麼異議。

為了挽回出道戰的扼腕失分，我也希望下次能在這位前輩面前好好表現。

「嗯。咦？周防小姐，請等一下。」

「怎麼了？這條河還有什麼嗎？還是你想露營？那就改天向課長申請吧？當作是

你的歡迎會。」

「不不不，我不是這個意思……確實，這裡今後再也不會經常發生溺水意外吧，但是無論如何，第一件溺水意外，和另外四件是兩回事吧？既然四人是被求救的『看不見的手』拖進河裡……昏迷不醒的『第一人』究竟是怎麼溺水的？」

依照我聽火憐與神原的說明，這個場所明明從來沒發生這種意外，第一人的事件真的可以只當成「普通的溺水意外」結案嗎？

對於這個疑問，周防小姐傻眼般搔了搔腦袋。

「是沒錯啦，阿良良木警部補，我們的工作是將神祕現象還在風說階段就處理掉，不過……」

她接著這麼說。

「還是得留個難解之謎才耐人尋味吧？」

這確實也是大人的觀點。

第二話　臨・泥人

O SHI NO OUGI

001

聽人說兆間臨是泥人時，我沒能立刻全盤接受。我在這個時間點已經得知風說課聚集什麼樣的人才，但是聽人說我實際見到的嬌小女性真面目是泥人，我只覺得是典型的玩笑話。即使實際上沒這種典型。

階級是警部。年齡二十九歲，真面目是泥人。

我當時猶豫是否該笑，不過真的幸好沒笑。

真要說的話，她散發一種像是精靈的輕飄飄氣息，但這是製作者的嗜好，所以她希望旁人別提及這一點。這裡說的「製作者」是她的祖父母。

聽說原本的她在小學時代生了一場大病喪命。不是「差點死亡」也不是「瀕臨死亡」，是真的死亡。心肺停止，瞳孔擴大，肌肉僵硬，血流停滯，腦細胞萎縮。

死了。

再怎麼樂觀的醫生來檢驗，都是完全死亡。

不過，在她連靈魂都消滅之前，她的祖父母緊緊抓住她的尾巴，然後混入預先準備的泥土。攪拌、混合到充分融合，融合到泥土和意識不可能分離之後，他們將泥土捏成人形。

捏成孫女的形狀。

連每一根頭髮都以泥土製作。

說來驚人，泥人——兆間臨就這麼完成了。

「嗯。所以雖然表面是人類，不過就像是模型，內部各處都塞滿泥土。是和外表不符的土塊。原本會姑且配合年齡一點一點重塑細部，不過會這麼做的祖父母也在我國中時代過世。他們沒準備自己要用的泥人偶，也可能是都用在我身上了，所以我的外型就這麼固定在當時的樣子。」

不過當時大家都稱讚我很成熟喔——兆間臨打趣說。

「總之，這就某方面來說像是不死之身。雖然不確定我的靈魂能固定在這具泥人偶多久，不過至少可以撐到阿良良木警部補研修結束，所以請多多指教。請別因為是娃娃臉就瞧不起我這個前輩喔。別看我這樣，我的精神年齡沒被外表拖累，健全成長到現在。」

第一次見面，她就這樣叮嚀我。

這邊姑且也認識一個約六百歲的幼女，所以這部分無須擔心，但我聯想到的不是吸血鬼幼女，是另一個人偶女童。是的，某段時期寄住在阿良良木家的斧乃木余接。

只不過以她的狀況，她是沒有靈魂的人偶。

不是泥人偶，是屍人偶。

因此，我不太清楚「內含靈魂的人偶」究竟是什麼樣的存在。大概直到研修期間結束都不會知道吧。

若要相互理解，四個月的期間太短了。

不，用上一輩子也很難吧。

即使同為不死之身，即使背負類似的過去，我們也絕對無法共享這種東西。

如同人與人之間那樣。

002

聽大家說出現「隨機襲擊魔」，我以為應該是搜查一課那種部門的工作，不過好像是叫做「隨機襲擊魔」的怪異。

是在直江津高中通學道路發生的事件。

是的，那所直江津高中。

接連發生高中生在放學途中被利刃從背後襲擊的事件。如果這是真的，將會成為全國報紙大篇幅報導的事件，但是目前沒變成這樣，因為受害的高中生們不只是沒目擊手提大刀的惡徒，而且只有制服被劃破，背部完全沒受傷。

受害僅止於制服。

當然，如果惡徒真實存在，犯行可能愈來愈激烈，再怎麼想都不能放任，不過雖然是從背後，卻能在人們行走的時候神不知鬼不覺只割破制服，實在不像是惡徒（善人也一樣）做得到的事情。

如果只發生一兩起就可能是奇蹟，但受害的高中生多達十幾人。如果這是人類幹的好事，那就是石川五右衛門那樣的高手了。

不是奇蹟，是神乎其技。

只不過，如果是人類幹的就是重大案件，但如果不是人類幹的，在另一方面來說也是重大案件。

目前還只是傳聞的程度，但是「隨機襲擊魔」這種怪異在通學道路出沒，將會攸關學校的存亡。

身為校友不能袖手旁觀。

一定要解決這個案件。

不，我並不是這麼熱愛母校的學生……在我就學的期間，反而大多對那所升學學校討厭得不得了。

如果隕石無論如何都會撞上地球，那就掉到這所學校吧。我曾經在上課的時候這麼祈禱。回憶當時的叛逆心態，我重新體認到自己是個不可取的高中生。

再怎麼討厭也不該讓隕石砸下來。

真是的，學校居然會讓我畢業。

我的高中生活是懷著憐憫之心，高姿態……更正，低姿態看著堪稱偏差值受害者的討厭高材生們，這樣的我居然在五年後突破國家考試，成為討人厭的特考公務員返鄉……當時的我要是看到現在的我，肯定會痛打一頓。

不過啊～～我會覺得以前比較快樂耶～～

那段回憶閃閃發亮耶～～

唉……

「阿良良木警部補，怎麼故意嘆氣這麼大聲呢？」

前往現場的途中，坐在正式警車副駕駛座的兆間前輩這麼問。方向盤是由我握。我不討厭開車，所以她把車子交給我開的時候我很高興（是警車耶！是警車耶！），不過兆間前輩經常會在旁邊插嘴（「太晚打方向燈了吧？」「走這條路比較近耶？」），所以沒什麼樂趣。

和各方面隨和的周防小姐不同，這個人總是加上階級稱呼我「阿良良木警部補」。她自己是警部，好像是藉此隨時提醒彼此的上下關係。

我看起來是這麼囂張的少爺嗎？

「我可不像周防那麼好說話，會嚴格訓練你喔，未來的課長先生。不，署長先生。」

「我可不一定能這麼飛黃騰達喔。我這麼隨便的傢伙走這條菁英公務員之路挺危險的。到處都是陷阱或坑洞，感覺一下子就會脫隊。」

「你以為菁英公務員之路是酒池肉林嗎？總之，等你脫隊的時候，風說課會收留你當未來的跑腿，所以請不用擔心。」

「但我沒那麼想回到家鄉工作……」

甚至一點都不想。

如果對這塊土地抱持深厚的情感，我就不會長達四年沒回來。

只不過，兆間前輩好像不是這樣，說著「又來了，老是這樣耍壞，真受不了你們年輕人」，沒理解我內心的糾葛。還有，兆間前輩好像習慣裝前輩到不必要的程度。

可以說是裝前輩，也可以說是裝大人。

或許是想藉此彌補她停留在國中階段的外表年齡。

這麼一來，如果這時候壞了她的心情，就真的是幼稚的行徑了。

順帶一提，在直江津署研修的這段期間，負責教育我的（也可以說是被塞燙手山芋的受害者）是人魚周防全歌小姐，不過這次的「隨機襲擊魔」事件特別安排我和兆間前輩搭檔。

聯手出擊。

不只是因為周防小姐正因為另一個案子陷入苦戰，兆間前輩和我同為直江津高中的校友也是原因之一。雖然時期不同，但兆間前輩不只在直江津署風說課，在直江津高中也算是我的前輩。

我就欣然接受她的前輩態度吧。

所以我抱持敬意稱呼她「兆間前輩」。

老實說，我這輩子沒什麼能稱為前輩的人，所以對此相當開心。

「不過，挺有趣的。因為我一直以為我是直江津高中創校以來第一個不死之身的學生。」

「這你就太自以為是了。即使不是不死之身，不過光是就我所知，那所學校還有好幾個妖怪就讀喔。」

「是喔……」

光是就我所知也還有數人。

既然維持這種頻率，那麼怪異或許也不是那麼稀奇的存在。難怪設立風說課是當務之急。

「哎，雖然我或阿良良木警部補你是極端的例子，不過大家都是基於各種難言之隱上學吧？完全不覺得哪裡不對勁，享受悠然自在青春的高中生，在這個世界上不存在吧？」

聽她這麼就覺得應該沒錯。

過於認同到無話可說。

例如戰場原黑儀，她三年之中有兩年多是以「沒體重」的狀態求學。

或許這樣的學生除她以外也不在少數，只是我沒察覺……讓我感到絕望的一年三班也是如此。

或許，那傢伙也是如此。

不過，這很難說。

我的吸血鬼體質，也在日常生活造成各種不便，但是身體是泥人造成的不便以及必須面對的困難，我覺得自己絕對比不上。

兆間前輩究竟度過什麼樣的高中生活？

「沒那麼辛苦啊？因為大家出乎意料對別人的事情沒興趣。只不過，既然臥煙小姐確實找到我，就代表我的偽裝也不完美吧。」

「……您見過臥煙小姐？」

「沒有。是爺爺奶奶朋友的朋友的朋友……我只記得是這種緣分。」

嗯。

周防小姐也說她沒見過臥煙小姐……雖然個性親和所以沒這麼想過，但是那位總管或許不是輕易見得到的人。

而且老實說，我見到她的次數也不算多，幾乎都是透過斧乃木溝通。

「啊，我猜猜看，在兆間前輩祖父母朋友的朋友的朋友的朋友範圍內，有沒有一位叫做手折正弦的人？他是人偶師的怪異專家。」

「嗯？可惜我不認識。他是哪位？」

「是臥煙小姐的直屬後輩……我認識一具屍體人偶，他是主要的製作者。」

原本想說有可能，不過看來沒這段奇緣。這也沒什麼好可惜的。哎，畢竟臥煙小姐的人際網路很廣，其中的手折正弦又是和忍野咩咩或貝木泥舟並列的邊緣人，所以不會這麼剛好吧。

「無論如何，我多虧臥煙小姐才找到工作，所以我對她只有滿滿的感謝。因為在這個時代，即使不是泥人也很難找工作。雖然不方便多說，但她在設立風說課的過程中相當盡力耶？」

「……課長與兆間前輩是這個部門的創始元老？」

「嗯。現在只剩下這兩人。其他的創始元老……全部殉職了。」

「咦？」

這部門這麼血汗？

我差點慌張轉頭看她，但兆間前輩說「開車不可以看旁邊！」警告我。

看起來很愉快地警告我。

「我說笑的。他們在風說課成立之後調到其他地區。因為紮下的根必須伸展出去才行。課長是為了帶領部門，我是因為熱愛家鄉，才會留在直江津署。」

調到其他地區……紮下的根……換句話說，是為了成立下一個「風說課」嗎？

所以我在大學千辛萬苦修學分的時候，這項祕密計畫正在確實進行。不，這項祕密計畫在我就讀直江津高中就起跑了嗎？

這麼一來，與其說因為是我的出身地才將第一個風說課設立在直江津署，不如說因為是兆間前輩的出身地才選擇這裡，這麼想比較接近正確答案吧。

不過理由也未必只要一個……受不了，真是的。

這個世界的背面，令人不禁想相信陰謀論。

是背面，也是側面。

只不過，相較於羽川翼正在海外進行的活動，臥煙小姐的計畫也可以說溫和又健全至極。

無須擔心。

從這一點來看，羽川已經超越我能擔心的等級了。

「阿良良木警部補，怎麼了？快到現場了喔。要沉浸在懷舊感是沒關係啦，不過比起過去，請好好活在現在喔。這是為了未來。」

這是箴言。

不過得考慮到我與兆間前輩都沒有「未來」這種東西。

003

我高中時代是騎腳踏車通學，所以據說有「隨機襲擊魔」出沒，以最短距離連接車站與學校的那條通學路，我幾乎不曾利用。嚴格來說，我擁有的兩輛腳踏車都在我三年級的時候回天乏術，但在損毀之後，我就像是要悼念這些腳踏車，堅持徒步走腳踏車用的通學路上下學。

遲遲無法改變路線。

所以我來到這條小路時，我也沒什麼頭緒。

只冒出「是這種感覺嗎？」這種程度的想法。

視野很難說開闊，兩側並排雜木林，老實說，沒什麼人喜歡走這條路……恐怕只有直江津高中的學生會利用吧。現在路上不只沒人，連一條狗都沒有。

「不過上下學的時候，應該會熱鬧到人滿為患的程度吧。說人滿為患誇張了點，不過我就讀的時候是這樣沒錯。」

兆間前輩這麼說，看來她當年是電車族。不知道究竟是什麼原因，她心情看起來挺好的。

「雖然阿良良木警部補這麼說，不過別看這樣，這條路好像比以前更顧慮到安全性與治安。不只是路燈數量增加，連接大馬路的路段也在兩側設置廣角鏡。啊哈哈，我好幾次在那個轉角被騎腳踏車的學生撞到喔。」

這可不是滿不在乎就說得出口的往事。

身為腳踏車族，這個情報令我過意不去。我即使被撞過也不曾撞人，卻不敢說當年完全沒做過兩人共乘之類的危險事蹟。

應該說經常這麼做。

與其說是現在時代變得嚴格，不如說當時也真的不該這麼做。

「幸好我是泥人偶。只是被腳踏車撞根本不痛不癢。但我即使被飛機撞也不痛不癢就是了。反倒是假裝疼痛或受傷比較辛苦。雖然不想把事情鬧大或是小題大做，但毫髮無傷也會在負面的意義上引人注目。」

兆間前輩一邊說，一邊從包包拿出小水壺，一口接著一口喝。雖然水壺造型時尚，但裡面是普通的水。

她是泥人，原本甚至不必飲食，但是和周防小姐相反，兆間前輩好像不能缺乏水分。尤其是在今天這種大晴天。

要是肌膚——也就是泥土乾掉，好像會很危險。

雖說是不死之身，卻絕非不滅之身。

「噗哈……話是這麼說，但是在我的高中時代，沒出現『隨機襲擊魔』這種傢伙。連腳踏車都沒被當成危險的東西。大概是治安變好之後，反而凸顯出至今視而不見的各種問題點嗎？」

「或許吧……該說偵測風險的臨界值下降嗎……總之，問題本身從以前就存在……」

雖然這麼說，但要是出現「隨機襲擊魔」，事情就變嚴重了。

很難認定從以前就經常有高中生被人從身後持刀襲擊。至少我沒有。

但我不敢說自己完全沒遇襲的經驗。

代表性的例子，就是我曾經被釘書機釘口腔……那個事件如果放在現在也會很嚴重。

「唔～～阿良良木警部補這番話顯示你有一定程度的理解，不過我的見解不太一樣。這種事件本身並不是完全沒發生過。」

「是嗎？」

記得兆間前輩認為這裡不曾出現「隨機襲擊魔」，難道她撤回前言？我歪頭納悶，但是看來並非如此。

「在以前，這種現象都當成『鐮鼬』帶過。」

她接著這麼說。

「『鐮鼬』？喔喔，我聽說過。」

「如果風說課的成員不知道『鐮鼬』才驚人。」

「不，總之，畢竟我是新來的……」

「『鐮鼬』是三隻一組的妖怪。正如其名是鼬鼠。兩隻手像這樣是鐮刀形狀……第一隻把人絆倒，第二隻割傷，第三隻在傷口塗藥治療……你聽說過吧？」

「唔～～」

坦白說，我大概沒聽過，但我不希望前輩認為我無知，所以我沒說實話，而是含糊回應。含糊回應的部分原因在於我抱持「這是什麼奇妙的妖怪？」的疑惑心情。

「割傷再治好……這些傢伙是想做什麼？第一隻『絆倒人』的鼬鼠真的需要嗎？劈頭就割比較容易成功吧……」

「這種溫和的怪異奇譚，以往都是被你這種不識趣吐槽的傢伙毀掉的。然後『隨機襲擊魔』這種危險的怪異奇譚就逐漸成立。必須在還只是風說的階段解決才行。」

兆間前輩說。

講得好像我是凶手……我明明是警察。

「不過，過於重視安全，盡可能排除不安要素的做法，或許才是現代的作風吧。

說到『風』……」

「嗯。所以這種事件在以前或許會置之不理。因為被割的始終是制服，沒傷到學生的皮膚。」

「等傷到皮膚就太遲了吧？」

「是的。阿良良木警部補，你說得真好。並不是任何人都像我或阿良良木警部補一樣沒有痛覺。」

我有痛覺就是了……

或許最好找周防小姐過來，三人討論一次不死之身的細部差異比較好……不然可能因為主觀認定而犯下天大的過錯。

不提這個，驗證吧。

總之，我和兆間前輩並肩沿著通學路來回走看看。

沒什麼特別奇怪的問題。

雜木林裡沒有竄出鼬鼠或是變態。

「雜木林這三個字要是多講幾次，聽起來會像是臟器林對吧？」（註2）

「請不要用正經語氣突然說出恐怖的事。」

註2　日文「雜木」與「臟器」同音。

「我沒有臟器，所以如果樹林裡長出心臟或肝臟，我會採收喔。」

「沒有比這更恐怖的話題了。」

我們出乎意料聊得來。

「會不會是自然現象？」

雖然不是因為聊到雜木林才想到，但我一邊走一邊這麼問。

「記得同樣叫做『鐮鼬』？就是近似旋風的現象，身旁出現的真空會割破皮膚……」

「說得也是。應該說，這個真空現象直到以科學手法從物理層面解析，大家都想像是『鐮鼬』這種妖怪在作怪。就像是天動說那樣。」

「天動說……這要當成風說，規模也太大了。」

「『鐮鼬』就真的是風說了。因為是風。雖然這麼說，但我認為這次的事件很難認定是自然現象。如果是自然現象，只割破制服的話就太不自然了。」

確實。

反倒會因為衣服隨風飄動，所以只割傷皮膚。而且只從背後被割的這一點也令我在意。

很難想像自然現象會做出這種暗算般的行為。

「也可能這條路設計成湊巧是容易產生『鐮鼬』的構造，不過既然這樣，就應該從以前就出現這種現象，否則不自然。」

「不自然嗎？」

這麼一來，果然不是自然現象，而是不自然現象？

只是，要判斷怪異現象是自然還是不自然，其實意外地困難。

真要說的話，是超自然。

到最後，我們來回現場三次卻徒勞無功，在出發點停下腳步。雖然行走是刑警的基本功，但毫無想法亂走只是浪費體力。

泥人不會累，吸血鬼的體力也會迅速回復，但這是心情上的問題。

「唔～～難道是哪裡誤會了？我自己是容易誤會的人，所以會這麼想……」

「但是割破的制服是遺留下來的確切證據啊？而且不只是一兩件。」

「說得也是……可是兆間前輩，我好奇一件事。不管是『鐮鼬』還是『隨機襲擊魔』，總之如果像是妖怪的這種傢伙真實存在，不就是用利刃從背後襲擊高中生嗎？」

「而且是快刀一割。」

「是的，快刀一割。假設妖怪照例不會被看見……可是，如果自己穿的衣服被割破，真的有可能沒察覺嗎？雖然受害者都供稱是『不知何時被割破』……」

假設利刃（？）沒碰到皮膚，但肯定也感覺得到風壓之類的吧……人類的肌膚肯定會發揮敏銳的感應效果。

「天生裹一層泥土的我這個泥皮人沒辦法表示意見。因為我感覺得到的只有溫度與溼度。盛夏的時候超慘，曾經整條手臂斷掉。」

「會變得這麼壯烈？」

「稱不上壯烈。因為沾點水就接回去了。雖然說起來有點髒，不過真的如字面所說，只要塗點口水就會好。」

她會分泌唾液？

這方面的不死體質，我也想仔細問一次。

「回到剛才的話題，這很難說。拿我的例子反過來，如果在寒冬露出背部，應該會感受到寒氣，但現在的季節還算好。認定『制服不可能突然被割破』的安全心態，或許發揮相當強力的效果。」

「確實……」

我說的只是邏輯推論。現實可沒辦法這麼斷然下結論。

何況我們這時候要對付的是「非現實」的傳聞，既然是「非現實」就更難下定論了。一旦察覺被刀子從背後割，應該會害怕到陷入恐慌狀態吧。

基本上不可能進行正常的判斷。

「請讓我確認一下。不只是受害者，周圍的學生也沒看見『隨機襲擊魔』？就周園學生看來，制服是突然裂開的？」

「這方面好像沒有目擊者。因為受害者都是在獨自放學的途中遇襲。」

「嗯……」

鎖定獨自返家的學生，或是做好不被目擊的準備，聽前輩這麼說就覺得與其說是怪異現象，應該說極可能是人為的犯罪。

悄悄接近不被受害者察覺，慎重避免傷到皮膚，卻大膽割破制服，在受害者轉身之前離開……這種事做得到嗎？

要藏身在雜木林應該不是做不到，不過要在不傷肌膚的前提割破制服，果然是一大難題。

不知道什麼樣的利器做得到這種特技。

至少鐮刀做不到吧。

「……啊，對了，如果是妖刀……」

「妖刀？那是什麼？」

「以前確實有這種東西喔……至今還在就是了，但是這幾年完全沒在用，說不定生鏽了。是住在我影子裡的吸血鬼曾經使用過，只斬殺怪異的大太刀。」

不過，那把恰恰相反。

可以不砍衣服只砍內容物，卻無法只砍衣服。除非衣服本身是怪異……不過

「制服的怪異」是什麼鬼？

「沒錯。長得像和服的怪異恐怕也找不到吧。話說回來，可以幫忙叫那個吸血鬼出來嗎？聽說你和周防搭檔的時候，把現場驗證的工作交給她——鐵血、熱血、冷血的吸血鬼，而且是全權交付。」

「沒有全權交付就是了，嗯，大致沒錯。不過終究不能只依賴幼女。畢竟我也老大不小了……」

我適度含糊帶過。

事實上，兆間前輩將我——也就是將「吾之主」當成跑腿般使喚，忍對此不太高興，所以我不方便在她面前叫忍出來。

雖然不是和周防小姐搭檔時的狀況，但如果只有我一個人，我不抗拒向忍請益，但我不方便說出「我的搭檔討厭您，所以請您迴避一下」這種話。

只是這種小事，難道不能給個方便嗎？我雖然這麼想，不過即使是站在自己這邊的怪異，也經常不會照著這邊的意思去做。不過忍不只站在我這邊，還躲在我影子裡就是了。

「無論是怪異現象，或者不是怪異現象；無論是自然現象，或者是不自然現象，如果我們沒能定出完整的調查程序，這個事件應該會移轉給搜查一課或生活安全課正式辦案吧。因為是有人受害的事件。」

「說得也是。」

只不過在這個場合，問題在於不確定有沒有加害者。

加害者不存在。

這也隱約像是現代風格的風說。

004

整個上午都用來檢查通學路（總之先做個實驗，拿木棒和兆間前輩相互從背後砍砍看。在旁人眼中應該像是老大不小的兩個人在玩武打遊戲吧。想到兆間前輩的外表年齡是國中生左右，就算有人報警抓我也不奇怪。我明明是警部補的說），吃完午飯之後（兆間前輩展現前輩風範請我這一頓，店員以眼神質疑我為什麼叫這麼小的孩子出錢），我和兆間前輩決定造訪懷念的母校。

我們已經預先告知來訪。

這方面是公家機關的強項。無論是自由業的忍野還是詐騙業的貝木，都很難在白天進入學校。

我們預定在午休時間，找受害的高中生們問話（說偵訊就太誇張了）。

這當然也不是一件容易的事，是多虧課長的手腕才能順利面會。而且也是為了順利進行這個程序，才派遣身為校友的我與兆間前輩吧。

所以不順的反倒是我們這邊的心情。

隱約覺得放不開。

老實說，我沒想到會以這種形式再訪母校。應該說我根本沒有再訪的意思。

在這四個月的研修期間，我曾經認為至少要造訪北白蛇神社一次，卻沒特別想過要造訪直江津高中。

畢竟沒什麼特別的私事要辦，校內也沒有我認識的人……不對。

嚴格來說有我認識的人，不過若問我想不想見面……

「阿良良木警部補，大方一點不是很好嗎？應該也有當時照顧你的老師吧？你就說自己已經成為菁英公務員，好好炫耀一下吧。」

「居然要我好好炫耀一下……您這是什麼語氣？我才不要。當時吊車尾的我現在成為警察，要是他們認為我因而跩起來，認為我是來挫挫他們的威風，誤以為我抱持還以顏色的想法……」

「因為你真的有這種想法，所以你才會心虛吧？沒人在意你喔。」

是這樣嗎？

總之雖然我自認是問題兒童，不過和不死之身的學生一樣，我這種程度的問題兒童，在校方眼中或許只是眾多問題兒童之一吧。
或許他們意外地不記得了。
實際上，我的期待落空了。帶領我們進入學校的老師是我不認識的人，和受害學生們的對話也順利結束。這也堪稱是兆間前輩的本領。
如今的我和現在的高中生說話時，甚至感覺中間隔了一道又高又厚的牆，不過對於兆間前輩來說好像沒有這道牆。
看來是有效利用年幼的外表去除了這道牆……明明是感到自卑也不奇怪的特徵，她真的好堅強。
我就不會想利用自己的矮個子優勢。
周防小姐身為大人很喜歡小孩，不過兆間前輩先不提是否喜歡小孩，她好像很擅長和小孩溝通。想到牽扯到怪異的人大多是年輕族群，這或許也是風說課所需的資質。
至少比不死這種特性好用得多。
就像這樣，兆間前輩和受害的高中生們聊得很盡興，但她看來沒忘記工作，在午休結束的鐘響之前，她就確實問完所有人了。
甚至不分性別，和所有人交換了手機號碼，這部分也很了不起。
「是工作用的手機。我還是會公私分明，所以沒要和可愛的男生們交朋友，請放心。阿良良木警部補，你也不可以想和女高中生玩在一起喔，畢竟是這種時代。」

「謝謝您的貼心提醒。不過，我這三十分鐘老了好多。雖然我自認內心永遠是少年，但我好像沒有和高中生交談的體力了。」

「我的身體永遠是少女就是了，真想變老看看。好啦，雖然沒問到新事實，但是反過來說，也沒有證詞推翻至今確定的事實，這就是收穫。」

現在的我很難將此當成收穫……工作就是在累積徒勞嗎？

「那麼，阿良良木警部補，回現場吧。」

「啊……兆間前輩，您可以先去嗎？我想繞到那邊校舍的某處看看。」

進入學校之後，我就一直在猶豫，不過在事情辦完的節骨眼，我這麼說。警車總不能開進學校，所以我們是從通學路步行過來的，回程肯定不需要駕駛。

不過，刑警的直覺敏銳。

「你不是想趕快離開嗎？你在這所高中沒任何美好回憶吧？」

「我沒說到這種程度……美好回憶還是有的。嗯，我確實想離開，但是既然來到這裡，我就得和某個對象打聲招呼，不然之後會很恐怖。」

「是喔？……是私事？」

「是私事。只不過，說不定可以獲得一些能用在搜查的情報。因為那個人是推理迷。」

與其說是推理迷，不如說那個人自己就是一團謎。
如同黑暗般成謎。

005

「既然這樣，我也想去某個地方，所以請自便吧。」兆間前輩這麼說完，我們就各自採取行動。沒什麼好驚訝的，在直江津高中的某處，應該也有她自己的「祕密場所」吧。

即使是再怎麼開放的職場，我大概也沒機會詢問身為不死泥人的她在這所學校度過什麼樣的青春。總之，我的「祕密場所」是一年三班的教室。

但不是實際上的一年三班，是「不存在」的一年三班。

我打開不該存在的門，進入不該存在的教室。

「嗨──阿良良木學長。您好久沒來了耶。」

空蕩蕩的教室裡，有個人坐在講桌看書。不用說，正是忍野扇。我在直江津高中三年級的時候，她是轉學進來的一年級，但她現在至今穿著直江津高中的制服，至今依然掛著詭異的笑容。

所以小扇在那之後一直是高中生……

當年她離開我之後，暫時和神原同進同出，但在神原畢業之後，好像終於定居在這所高中了。

不知道是否真實存在的人物。

她身為忍野咩咩的姪女，現在的工作好像是讓直江津高中的迷惘學生更加迷惘。真的是成為學校的怪談，一手包辦七大不可思議。

無論如何，小扇的起始點是我，所以兆間前輩無從得知，但即使風說課捕捉到這間教室的存在（非存在），肯定也無計可施吧。

因為小扇甚至無須認定是否無害，成為像是學校的一種象徵，任何專家都拿她沒辦法。臥煙小姐是這麼判斷的，只能說小扇真的是逍遙法外。

所以我高中畢業之後也幾乎扔著她不管，但她在這段期間完成不明就裡的成長。外表依然維持在十五歲上下，內在卻造就戲劇性的進化，終結到無法處理的程度。

我明明是刑警但還是自白吧，這也是我遠離家鄉的理由之一，不過事情至此還是不能不來見她一面，算是負起生產者的責任吧。

「……小扇，妳在看什麼？推理小說？密室解謎？」

「不不不，甚至不是文字作品喔。最近我也看了很多漫畫。」

小扇說著讓我看封面。

我頓時語塞。冷不防被陰了一次。

就像是埋伏已久等我上鉤的作者姓名——「千石撫子」。

「發音好像不是她的本名『Nadeko』，而是常見的『Nadeshiko』。這是筆名吧。我覺得這名字很怪，但她本人果然也很在意吧。」

「……記得是出道的第三部作品?真厲害。」

總之，我說出這種不痛不癢的評語。

「銷量好像不太好就是了。」

小扇說出會痛會癢的評語。

她就是這種人。

「不過，在特定圈子很受歡迎喔。說什麼明明可愛卻有黑暗面。啊啊，雖說有黑暗面，但我已經沒去找她的麻煩了。這裡的黑暗始終是千石小妹的黑暗。我個人很喜歡這部作品。」

小扇說完輕輕將書放在身旁。

從她小心翼翼的動作來看，應該不是謊言。

「放心，千石小妹在國中畢業的同時離開這座城鎮。不必擔心她在路上巧遇阿良良木學長，再度點燃浪漫的愛火。」

「我沒擔心這種事……」

沒有嗎？我搞不懂了。

我在那時候也沒搞懂。

「記得她現在也和臥煙小姐有聯絡？我好像聽過這件事……不對，好像不是臥煙小姐？是斧乃木小妹……」

「是的。聽說她和阿良良木學長一樣——和阿良良木警部補一樣，以漫畫家的身分對臥煙小姐言聽計從。這代表臥煙小姐的計畫也逐步加入這種娛樂方面的要素。」

「小扇，妳還是一樣無所不知呢。」

「我不是無所不知，知道的是您——阿良良木警部補。」

小扇以漆黑的雙眼看著我這麼說。

……好像是這樣吧。

「但是別叫我警部補。我希望妳永遠叫我學長。」

「這是神原學姊的職責，但如果您這麼希望，我悉聽尊便。不過，阿良良木學長不是成為風說課的刑警，凱旋回到這所高中嗎？如果只是想知道千石撫子老師的近況，看連載雜誌的目錄頁就知道了。有事情要商量的話，我就奉陪吧。」

「與其說是商量……」

只是因為來到這裡總不能不見面，我才造訪這個幻想的一年三班，不過既然兆間前輩那麼說，我就不能在這裡說出搜查上的祕密。

對推理迷說出搜查上的祕密，這是推理小說的劇情進展。

而且就算有什麼祕密瞞著小扇，恐怕也沒用吧。

「嗯，是的。關於最近發生在直江津高中通學路的『隨機襲擊魔』事件，我也心痛不已。我正在捉弄的學生當中，也有幾個人是刀割的受害者。」

……看來剛才面談的孩子們之中，有數人正遭到小扇的魔掌。

這方面的受害程度可真的不是「隨機襲擊魔」或「鐮鼬」那麼簡單，不過我無從對這方面插手……到頭來，一旦被小扇纏上，都只能自己想辦法解決。

像是我、神原或是千石那樣。

「小扇，這不是妳幹的好事吧？」

「哎呀哎呀，您一直在懷疑我？哈哈！我真沒信用耶。」

這不是好笑的事，而且既然受害者是直江津高中學生，我也不是沒這麼擔憂過。只不過，突然從無辜的高中生背後動刀，不太像是小扇會有的暴力作風……

「無辜的高中生是吧。真的有這種人嗎？」

「嗯？那是怎樣？什麼意思？」

「不不不，有某些特別的意思喔。」

「還真有？」

「無故被最喜歡的阿良良木學長懷疑，我深感遺憾，所以就給您一個小小的提示吧。因為成為阿良良木學長的助力是我的人生價值。不對，曾經是我的人生價值。」

聽她改口以過去式再說一次，我深刻感覺到小扇已經不再被我束縛。

雖然自稱忍野扇，但她如今也完全沒有「忍野咩咩的姪女」這個立場。

黑暗成長茁壯之後，離巢自立。

基於這層意義，依然棲息在我影子裡的忍，已經被她遠遠拋在後頭。

她沒有停滯，更勝於創造她的我。

「只給提示？不給答案？」

「我看起來像是這麼親切的學妹嗎？」

「說來驚訝，一點都不像。」

「那麼這份驚訝就是答案。不過，我是阿良良木學長的鏡子。阿良良木學長自己也不是成材的學弟吧？」

「那當然。」

「提示就是，為什麼『隨機襲擊魔』只鎖定正在放學的學生背後。」

小扇說。

接下來由我接話。

「明明也可以在上學的時候鎖定。」

006

「嗯，這麼說來確實沒錯。因為上下學都走那條通學路，只集中在放學的時候受害，讓人覺得怪怪的。你有個相當敏銳的學友喔。」

在事件現場會合的兆間前輩誇獎我說。

小扇完全不是學友，而且如果前輩問這個提示有什麼意義，我完全不知道怎麼回答，只能說謎題變得愈來愈複雜，不過這確實像是小扇的作風。

兆間前輩沒特別追問我這個「學友」的真實身分，說她去了教職員室一趟。

兆間前輩的「祕密場所」是教職員室嗎？

我確實不能跟她去那裡。

昔日的不良品行會令我愧疚不已。

「嗯，但我沒預先告知就闖進去了，也就是所謂的現場判斷。當年的老師也在，所以我們聊得很開心。老師還說我一點都沒變。不過這是當然的。」

「……好奇問一下，兆間前輩，先不提現在，您將來有什麼打算？總不能成為八十歲的老婆婆都還是一張娃娃臉吧？」

「你問得真直接耶。真要說的話，你不是也一樣嗎？」

雖然她這麼指摘，但是我的不死之身嚴格來說是半桶水的不老不死，基於好壞兩方面的意義來說，肯定都無法避免刻上歲月的痕跡。

但是，泥人就不一樣了。

像是土偶不就維持數千年都一如往昔嗎？

「到時候，總之只能化妝掩飾吧。回春的相反……要讓肌膚出現皺摺感。」

「不能拜託臥煙小姐，將靈魂轉移到新的人偶嗎？」

「像是你說的手折先生那樣？如果做得到，我就不會這麼辛苦了。因為爺爺奶奶用來讓孫女留在現世的魔法幾乎是禁咒。」

「禁咒……」

「不是同音的搖錢樹喔。是禁忌的咒法。雖然強力，卻因此難以變通。總之就算這樣，或許十年二十年之後也會找到解咒的方法，所以就耐心等吧。幸好我是不死之身。」

雖然講得像是等待新藥研發的難症患者，不過兆間前輩原本就是罹患重病夭折，心境上或許大同小異吧。

我問了多餘的問題，回到工作話題吧。

「所以，兆間前輩，您在教職員室有收穫嗎？」

「進度不太順利。看得出他們比起查出『隨機襲擊魔』的真相，更傾向於隱瞞這波騷動。畢竟是私立的升學學校，我能理解他們的想法，但是對於解決事件的態度很消極。」

「直江津高中在這方面的體質，從以前到現在都沒變耶。」

只是以我的狀況來說，這種態度大多對我有利，所以我不方便多說什麼……我在學的時候，曾經在夜晚的學校鬧得天翻地覆。

雖然忘記至今，但我也曾經溜到樓頂。

不過，這種封閉的環境會產生拒絕上學的學生，這也是事實。這應該不是能夠輕易解決的問題，但我希望將來想辦法解決。

「也對。話是這麼說，但我們當前還是解決我們負責的案件吧。到了這種地步，看來只能試著以現行犯逮捕了。如果是怪異就無法逮捕，但如果是『鐮鼬』應該抓得到尾巴吧。」

兆間前輩說。

「剛好快到放學時間了，就在這裡監視，目擊學生背後被割的場面吧。如果沒有目擊者，由我們成為目擊者就好。」

真積極的態度。

不過，若要旁觀孩子被刀子攻擊，我難以同意。這幾乎等同於誘餌搜查。雖然這麼講好像很天真，但我希望防範犯罪於未然。

「我也這麼想，不過實際上受害者都是毫髮無傷。這邊當然至少會賠償制服費用，不過被盯上的高中生幾乎沒有風險。」

唔唔，我出聲思考。

話是這麼說，不過想到可能發生什麼萬一，我還是會猶豫。定點監視很像刑警會有的辦案方式，不過要我只是看著高中生遇襲……

「請振作一點。因為你說的『只是看著』其實很難。」

兆間前輩「啪！」地拍手，像是在鼓舞我。

「和你跟周防小姐負責河岸案件那時候不一樣，在這個場合，很可能產生觀測者效應。我們再怎麼巧妙躲在雜木林，只要感受到視線，『隨機襲擊魔』或許就不會現身。」

觀測者效應。

觀測行為本身會影響到觀測對象……這個邏輯在驗證超能力的時候也適用。

比方說，如果為了要看穿手法而採取敵對態度，占卜就不靈……即使不是「信者得救」，這個論點也比較有利於超自然這一邊，不過聽起來還是煞有其事。

不是新藥，是自古以來的靈藥——時間。

也就是安慰劑效應。

「是的。不過以我來說，我不會懷疑怪異實際上存在或是實際上不存在。話是這麼說，但如果『隨機襲擊魔』的發動條件是『沒人目擊』，那麼雖然牽強，還是可以大致說明受害高中生為何都是從背後遇襲。」

「確實可以說明。」

不是沒有目擊者的怪異現象，是沒有目擊者才會發生的怪異現象……這麼一來，定點監視的搜查方式堪稱只會造成反效果。

不對，如果我們的監視可以阻止「隨機襲擊魔」事件，就某方面來說是有效的做法嗎？

「笨蛋。我們沒辦法一直監視這條通學路吧？風說課的業務是消滅所有風聞等級的怪異奇譚，不容許任何漏網之魚，怎麼可以小心翼翼放養一條魚？」

「放養一條魚」這個說法妙到值得申請專利，不過她在這方面說得對。

做事只看眼前，是我以前就有的壞毛病。

在這個場合，我該看的是背後，是背地裡的關係。

「那麼，要怎麼做？雖說監視的時候不能被發現，不過能躲的場所果然只有雜木林吧……」

只是，即使躲在這唯一的死角，對方應該也會因此首先檢查這個死角有沒有監視的視線。

況且，既然這邊的視線看得到對方，對方的視線也看得到我們。

當你凝視深淵時，深淵也在凝視你。

記得是這麼說的？

「如果沒死角，自己製造死角就好。阿良良木警部補，我們是『死』的專家吧？」

看來兆間前輩喜歡「如果沒有某某東西，自己成為某某東西就好」或「如果沒有某某東西，自己製造某某東西就好」之類的想法。無論在我這個人的人格各處怎麼找，都找不到這種樂觀的創意。

這也可以說「如果沒有創意，自己擁有創意就好」嗎？

「阿良良木警部補，不死之力如果不發揮在這裡，那要發揮在哪裡？」

「可以的話，我不想把不死之力發揮在任何地方……不過，咦，兆間前輩，您說的是什麼意思？」

「我們是死的專家」這個前提以及「成為隨機襲擊魔的目擊者」這個目標，我實在無法巧妙連結在一起。

這個泥人究竟想說什麼？

「真遲鈍耶。也就是說……我想想，阿良良木警部補，請你利用設置在那裡的廣角鏡吧。」

「啊？」

「我說，請你站在遠處，透過那面鏡子監視通學路。以吸血鬼出類拔萃的視力，這種程度應該輕而易舉吧？」

啊啊——原來如此。

透過鏡子監視感覺一點都不簡單，不過她說得沒錯，留在我體內的吸血鬼後遺症，使得我不必望遠鏡就能看清遠處。

而且，看不見外型，不能看見外型的怪異，必須透過鏡子來目擊，這是源自神話時代的傳統。

知名的蛇髮女妖就是如此。

記得是利用鏡子除妖的神話？

無論如何，小扇故意當著我的面閱讀千石撫子老師的漫畫，或許就是在埋這個伏筆。不對，果然只是在消遣我吧。

小扇最喜歡做這種會痛會癢的事。

「是的，而且鏡子照不出吸血鬼。即使這邊看得見，那邊也看不見。」

兆間得意洋洋說出計畫的核心，但是對不起，這時候我非得糾正才行。

「不好意思，我是鏡子照得出來的那種吸血鬼……」

「你說什麼？這種問題你就用毅力解決吧。」

這是能用毅力解決的問題嗎？

以前鏡子照不出我的時候，我吃了不少苦頭……沒想到五年後卻非得努力讓鏡子照不出我，我的天啊。

不過，如果我做得到，不只是這次的案子，在今後的研修期間，肯定能確保相當的優勢。將吸血鬼特性當成便利工具一點都不值得稱讚（我就是因此吃了不少苦），但在風說課就不在此限。

不過，當然還是有其限度。

「既然是長官的命令，我也會盡力而為……但是不提我，兆間前輩您要怎麼做？泥人具備什麼有利於監視的特徵嗎……」

我書讀得不多，所以不清楚。

泥人的某處刻著文字，這個刻印是唯一的弱點。我在某處聽過這種情報……但是關於泥人這個怪異的特徵，我只想得到這個。

兆間前輩以餘光看著這樣的我。

「阿良良木警部補，到頭來，泥人的特徵在於全身上下都是『土』。除此以外沒有其他的特徵。」

說完，兆間前輩再度拿出小水壺。

007

從結論來說，監視沒獲得成果。

我在距離數百公尺遠的半山腰睜大雙眼注視廣角鏡（雖然拿出十足的幹勁，卻不知道鏡子有沒有照出我。實際嘗試就覺得果然不是毅力能解決的問題），至於兆間前輩則是滿身泥土，一直監視到太陽下山。

不只是滿身泥土，是全身化為泥土一直監視。

像是忍者發動土遁術——可不只這麼簡單，兆間前輩將水壺的水往頭頂淋下去，讓泥土身體變得又溼又軟。

之前說過她在碰水這方面和人魚周防小姐完全相反，不過就某種意義來說，或許也可以說兩人一模一樣。

沒有水分就會乾燥，乾透到裂開，她的這具肉體——這具「土」體確實必須隨時補充水分（甚至可以藉此修補損毀的部位，屬於不死之身），但要是持續補給水分過度，反而會難以維持形狀。

會變得又溼又軟。

「即使如此，靈魂還是不會脫離喔。就算全身變得像是泥濘，靈魂也不會脫離。所以我不是躲在雜木林，是滿身泥土躲在正下方。所謂的一敗塗地。」

兆間前輩面不改色這麼說。

她是泥人，對此面不改色也是理所當然，但我臉色不由得鐵青。這份工作需要做到這種程度嗎？兆間前輩不是為此粉身碎骨，是為此泥身土骨。

不只是雜木林，她還將「自己」的碎片灑在通學路。

總歸來說，將會被放學的高中生們踩踏。

會被她想要保護的孩子們踐踏。

我剛才說出「定點監視像是誘餌搜查，我不願意這麼做」這種天真的感想，然而不只是放學的學生毫無風險，背負最大風險的居然是兆間前輩。

亂七八糟。

當事人或許認為理所當然，不過將此視為理所當然，正是亂七八糟的心態。每次這麼做，是否能完全復原都必須碰運氣，就算她沒有痛覺，失去人類形體到這種程度，我實在不認為靈魂不會覺得痛。

被想要保護的對象踩踏。

不可能感覺不到痛苦。

「兆間前輩，我不懂。您為什麼非得做到這種程度？我會好好監視，所以由我來就好。」

「風說的驗證沒有絕對。因此必須竭盡所能，否則無法抱著自信斷言『沒有漏網之魚』。阿良良木警部補，希望你別誤會，不是因為我不信任你的眼睛。」

「可是……不好意思，我才希望您別誤會。我不是想否定兆間前輩的信念。您對這份工作的重視，我想要向您看齊。由衷想向您看齊。不過，凡事都是有限度的。」

當然，在進行「後輩的反抗」時，我內心想到的是高中時代的同班同學——羽川翼。從那年春假之後，我一天比一天更加體會到那傢伙為我做的事情多麼無法挽回。

後來，經過那場惡夢，那傢伙的生活方式變了。

羽川也已經不再是那時候的羽川。

即使如此，她至今依然以博愛處世——脫離常軌的博愛。

未來出路分歧之後，我已經沒有阻止羽川的方法。

正因如此，所以即使只有一點點，只要我看見讓我想起羽川的事物，我就會不顧一切阻止。而且兆間前輩讓我想起的程度可不是只有「一點點」。

就某種意義來說，她比羽川還要犧牲自我。

不過現在回想起來，周防小姐也有這種傾向……

「對我們來說，能夠維持和世間的連結，是最重要的事。阿良良木警部補，我們在這一點和你一樣。臥煙小姐以及課長都是巧妙利用了這一點。能將自己隱瞞至今的真實身分用來助人或執行正義，不覺得這是最快樂的事嗎？但是請別問什麼才是正義喔。」

兆間前輩以最後那句話強行結束討論，接著不容分說開始準備定點監視……具體來說是脫掉外套，包括鞋子的衣物全部脫掉。

啊啊，是的。

命中註定我再度看見剛認識女性的半裸。這個法則遲早會引導我邁向毀滅，所以應該得找機會做個了斷，看來兆間前輩即使讓全身滿是泥土，好像也無法忍受名牌外套、絲質褲襪或特製的鞋子髒掉。

她在這方面公私分明。

總之即使已經習慣突然脫衣，既然這條界線還在，應該還輪不到新來的後輩強行阻止她吧。我只能抱持這個想法自制。

我能做的只有一件事，就是以同樣嚴肅的態度，在遠處看著廣角鏡。

同時我也負責監視化為一層薄薄的泥土，如同地毯鋪在通學路的她是否平安無事（不過在她變成這樣的時間點就不算是平安無事了），因此我不由得全神貫注。

每當高中生經過通學路，我就擔心他們是否會被刀子襲擊，同時也看向他們的腳邊。就這樣，我度過一段緊張不已的時間。

「吾稍微刮目相看了。」

這聲呢喃隱約從影子傳來，看來忍很欣賞泥人的這個搜查方法。可惜沒因此提供建言。

大概是不高興我就這麼聽話當手下吧。

真是忠心耿耿的僕從。

光是如此，我就對於毫無成果感到遺憾不已。不只沒能以現行犯逮捕「隨機襲擊魔」，也沒發生類似的現象。過了放學時間，周圍變得黑漆漆，通學路也完全沒有人影。

我快步回到現場。「兆間前輩，您還好嗎？」我朝著地面問。

「我很好，完全沒問題。不好意思，阿良良木警部補，請用我寄放在你那裡的水壺淋溼周邊，然後大致就好，將我的部位收集起來。你應該沒想到這個年紀還會玩泥巴，不過這也是工作。」

這是工作嗎？

我如此心想，但還是沒反駁照做，收集起來的爛泥隨即主動湊在一起，像是形狀記憶合金那樣逐漸組裝。

「我自信今天的監視沒被發現……我要秉持絕對的自信斷言，沒有任何像是妖怪的蛛絲馬跡。這麼一來，這或許不是怪異現象。」

不知道究竟是從哪裡說話，或許是泥土整體像是揚聲器那樣震動發出聲音，兆間前輩以依然只是土塊的狀況進行這個分析。

「我的感想也一樣。可是這麼一來，凶手……不屬於怪異的『隨機襲擊魔』究竟是如何不被察覺就襲擊高中生的背？」

真的有這種高手嗎？

如果是這種狀況，就不該找我或兆間前輩，而是拜託美留大姊出馬……嗯？不對，等一下？不是這樣。該質疑的不是這一點。

不是「如何神不知鬼不覺」。

這是凶手那邊的視角。或者是監視者的視角。

如果是怪異現象，極端來說，什麼事情都可能發生。即使不提妖刀的事，如果是全盛時期的忍，別說割破制服，甚至能在對方沒察覺的時候砍下腦袋。

不過，該思考的問題不是「如何不被察覺」。

是「為什麼被察覺」。

受害的高中生們，明明在割破制服的時候沒察覺，為什麼在割破制服之後就察覺了？如果在寒冬就算了，現在還是舒適的季節，難道是基於什麼契機嗎？

是背後耶？會察覺嗎？

除了割破制服的當下，會在其他時候察覺嗎？

以吸血鬼的視力也看不見自己的背啊？

旁人告知的？不對，受害者都是獨自放學。那麼……

「很好，大致成形了。阿良良木警部補，請還我衣服。」

「啊，好的，請。」

雖然外表成形，但表層依然是泥土，所以看起來完全是模型的原型。

雖然不像吸血鬼肉體再生那麼驚悚，卻給人更冷硬的印象。這是當然的，模型本來就又冷又硬。兆間前輩動著僵硬的手臂接過衣服，同時蹣跚走向廣角鏡。

感覺她以這個外型接近大馬路挺危險的（會產生不同的怪異奇譚），不過像是臉蛋或髮型這種細部造型，或許和補妝一樣必須照鏡子才能進行。即使不是這樣，穿衣服的時候還是想照鏡子確認吧。雖然軀體是泥人，靈魂也是女性。

幸好鏡子照得出泥人。而且廣角鏡有兩面，分別設置在面對面的位置，所以要整理後腦勺的頭髮也很容易……

面對面的鏡子？

——那麼這份驚訝就是解答。

——因為我是阿良良木學長的鏡子。

「……小扇，妳才是後輩的借鏡喔。」

我輕聲說。

因為，小扇早就直接告訴我答案了。

也不是什麼難解之謎。

反過來說，我在她眼中已經不是足以認真捉弄的對象，算是訣別的證明。這也是她應有的模樣。

面對面的鏡子——相對的鏡子。

既然看得見後腦勺，當然也看得見背部吧。

是的。

這個真相，是「我知道的事」。

「兆間前輩，方便借點時間嗎？」

我呼叫正在整理頭髮的兆間前輩。模仿小扇的語氣。

「這麼說真的很愚蠢，不過——」

008

接下來是後續，應該說是這個事件的結尾。

實際上，真的很愚蠢。這確實是盲點。然而即使這是我這輩子第一個解開的謎，應該也不容許我歡欣鼓舞吧。

這條通學路不是案件「發生」的現場，始終是案件「發現」的現場。受害者不是在這裡受害，只是在這裡察覺受害。

因為照鏡子。

看見成對的鏡子時，一定會看見自己的背，所以察覺。

如此而已。

只要知道這一點，後續的謎題就連鎖解開了。

既然這裡不是案發現場，那麼受害者的制服是在哪裡割破的？如果受害者包含上學中的學生，當然就難以縮小範圍，不過受害者只限於放學中的學生，那就沒有比這更好解的問題了。

案發現場在學校。在直江津高中。

是的，封閉的校內出現了「隨機襲擊魔」。同一時間，也鎖定特定人物是嫌犯了。既然犯行現場是連警察都必須按照標準程序，否則無法輕易進入的場所，那麼凶手肯定是內部的人。

用不著在怪異身上找原因。

如果不是在放學的時候，也就是對方正在行走的時候下手，要在當事人沒察覺，又不傷害當事人的狀況下只割破制服，應該也不是什麼難事。因為高中有體育課。

雖然我當時沒加入，但也可以在社團活動時下手。

如果是脫掉的制服，那麼不必妖刀，只要使用美工刀或剪刀，勉強一點連指甲剪都能割破制服吧。

「總歸來說，是學生之間的惡作劇？因為時機不對才把事情鬧大？我高中時代也曾經被貼一張『KICK ME』的紙在背上，是這種的惡作劇嗎？」

「……兆間前輩，您是高中出身？」

「是直江津高中出身喔。」

「是嗎？」

總之，雖然「KICK ME」也一樣，但是制服被割破可不能只當成惡作劇處理，即使沒演變成「隨機襲擊魔」的傳聞也是一件大事。何況受害者都是獨自放學回家的高中生，加上這個情報之後，浮現出來的是一幅令人非常不樂見的構圖。

不是惡作劇，是惡整。不只是惡整，幾乎是霸凌。

不過依照當事人們和兆間前輩交談時的印象來看，他們好像不覺得自己遭遇這麼過分的事情，或許可以說僅止於差點構成霸凌的程度吧……

小扇說過，她正在捉弄幾個學生。

換句話說，就是這種孩子們吧。差點被黑暗吞噬的孩子們。

或許不只是「幾個」，他們所有人都成為小扇「捉弄」的對象。

或許她就像是那所學校的守護神，或者像是迷惘學生們的背後靈，讓犯行只以未遂作結。

是的，只有曝光的案例受到注目，像這樣成為「隨機襲擊魔」的傳聞，不過正常來想，肯定也有受害者以其他形式察覺，直到回家都沒察覺，不明就裡就在床上掉眼淚吧。

不該思考事情變嚴重會怎麼樣，事情已經很嚴重了。

現狀已經充分達到臨界點，事態沒有繼續惡化的餘地。

兆間前輩眉頭深鎖。

「這麼一來，只能以不告知受害者真相的形式，一個一個揪出來解決了……只要正式通告老師們，應該可以防範今後的被害於未然吧。」

她的娃娃臉露出嚴厲表情這麼說。

嗯，我也這麼認為。

祕密行動是她的拿手絕活，應該可以不告知受害者就說服加害者，解決這一連串的問題。我不認為這是最好的解決方法，但若能在「幾近霸凌」只差一步就真正成為霸凌之前收拾事態，雖然不是再好也不過，卻也只能給個及格分數了。為了保護受害者而讓加害者不存在，這麼做從某種角度來看是天大的偏袒，但這是風說課的工作。

加害者不存在。

讓怪異奇譚以及案件當成沒發生過。

不是放水流，是順風飄。

不過，話說回來……

「這次的風說，如果以升學學校特有的人際摩擦來解釋，未免也沉重了點。阿良良木警部補，看來沉浸在懷舊感的是我才對。我向你道歉。」

兆間前輩以完全乾燥形成原有髮型的頭，向我深深低下頭。她這樣與其說是謝罪更像是懺悔。

「我受到愛校心態的束縛，完全將回憶美化了。說得也是，學校是充滿壓力的空間。就算『KICK ME』是在開玩笑，我的高中生活也並非全是好事，並非全是美好的回憶。」

「……不過，肯定還是有美好的回憶與快樂的青春喔。」

肯定有。

即使再怎麼溼軟如泥，肯定也閃閃發亮。

第三話　美留・狼人

HANEKAWA TSUBASA

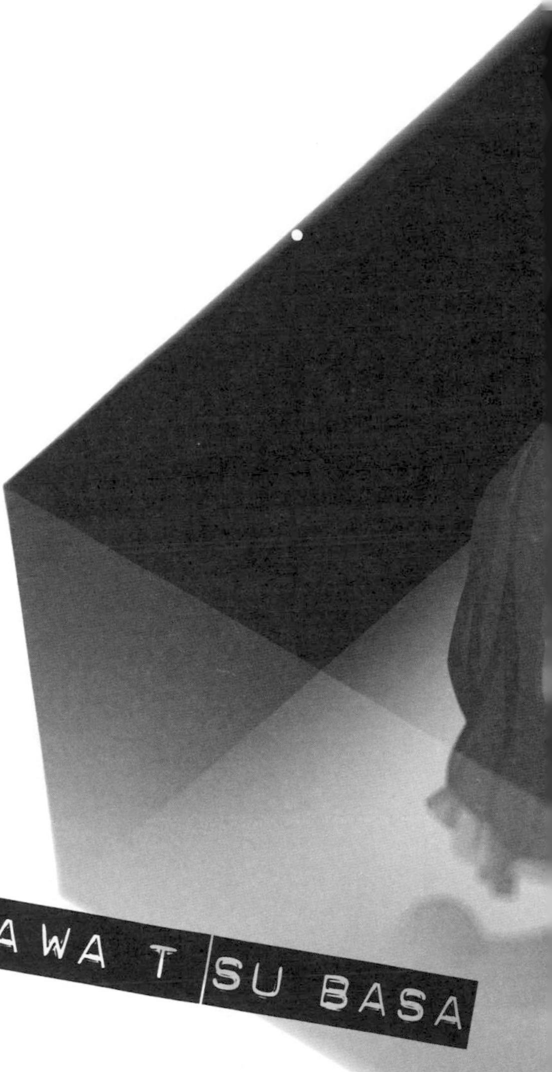

001

再埼美留是狼人的後裔。一般說到狼人，大家比較容易認為是男性，不過她是女性，所以應該精確稱呼為「狼女」吧。總之她是人又是狼，是狼又是人。不像我成為吸血鬼那樣，不像周防全歌成為人魚那樣，不像兆間臨成為泥人那樣，不是在人生的途中成為怪物，她在出生的時候，或者說在出生之前，就天生擁有狼的資質。

因為個性大而化之，她自己好像也沒掌握得很確實，但她好像是出身於這種家系……她的父母、祖父母、叔父叔母以及堂兄弟姊妹，或多或少都是這種體質——會在滿月那一天從人變成狼的體質。

再埼美留的狼基因似乎在家族之中屬於明顯的類型，即使不在月光下，只要看見類似的原形物體就可以變身的樣子。相對的，即使在超級滿月的日子，她也可以克制自己不變成狼。

體質完全在控制之中。

「不過就我來說，『無法變身』的感覺才是我最無法理解的。因為我一直像這樣活了三十多年。」

只不過，除了「可以變身成狼」這一點，再埼美留大致上理所當然是人類。力氣比一般人大一點，腳程比一般人快一點，鼻子比一般人靈一點，對於生肉的喜好比一般人高一點，是這種理所當然的人類。

這樣的她走上警察之路，是極為自然的選擇。

因為她單純認為，這是能將己身能力活用到極限的社會貢獻。雖然這麼說，但她下定這個決心的時候，風說課還只存在於臥煙小姐的心中。

所以她原本想走的始終是正統的警察之路。

「我想當警犬。因為那樣很帥。狼以狼的身分活下去的時代已經結束了，我是末代之狼。」

她不是自虐，反倒是得意洋洋地這麼炫耀。實際上，她身為警察的經歷也很傲人，好幾次接受表揚。

擁有玲瓏的身體曲線，身體能力卻輕鬆超過強悍男性。這樣的她受到重用，就任沒多久就編入各種特殊部隊。不只如此，聽說她在我這個年紀的時候就率領一支部隊，負責大規模的犯罪搜查或是全國各地的救災任務。

把這樣的英雄挖角過來，臥煙小姐還真是亂來……只不過，以臥煙小姐的角度來看，再埼美留是風說課不可或缺的人物。

聽她這麼說的時候，我完全解釋成「我懂了，換言之就是需要戰鬥人員的意思吧」。即使還只在傳說的範疇，毫無防備和怪異周旋也稱不上聰明的做法。

至少應該做好自保的準備。

只不過，這是我太早下定論。

臥煙小姐想要的不是狼人的強韌身體，是狼人的強韌精神。

接到命令「絕對」會貫徹執行。從大而化之的個性絕對無法想像的這份鋼鐵意志，臥煙小姐想當成風說課的範本。出生就自詡是末代之狼的這種生活方式，臥煙小姐想反映在共享祕密的這個團隊。

想以邁向毀滅的狼人理念讓世界繁榮。

而且，在風說課扮演推手的這隻狼，這次將要包圍一隻貓。

002

這天，全日本的公家機關慌了手腳。那個羽川翼居然相隔三年決定回國。所有組織想盡所有辦法進行無謂的抵抗要阻止航班起飛，但是計畫全部失敗。即使如此，政府依然死撐到最後，但在得知她的目的是要從這個國家完全消除自己的痕跡之後，政府不情不願地放棄抵抗。寧願背負著影響國家維安等級的風險，也選擇能夠洗刷「那個和平主義者就是出身於這個國家」這個惡名的機會。

我正在進行研修的直江津署，當然也是慌張得不得了。不只如此，這裡正是暴風雨的中心。因為羽川翼的青少年時代，幾乎都在本署管轄的地區度過。

雖然這麼說，但風說課是負責風雨……更正，是負責風說的部門，所以在這場騷動完全處於狀況外——除了自稱「犬科巡警」的那隻警犬。

「曆小弟曆小弟，什麼都好，提供一些關於羽川翼的情報給我吧。因為我將要負責保護她。」

正要和周防小姐外出將下一個傳聞斬草除根的時候，我被她攔下了。順帶一提，她拿捏人際距離的方式很獨特，第一次見面就稱呼我「曆小弟」，而且以前輩的壓力要我也稱呼她「美留大姊」。

周防小姐貼心說「那麼，阿良良木，現場見」，然後先快步離開。如果她真的為我著想，希望她好歹要說「不好意思，他是我的搭檔」硬是帶我走，不過要求蛇面前的青蛙……應該說狼面前的人魚做這種事應該是強人所難。說真的，對於全身上下都美味的周防小姐來說，能夠放心打交道的同事，或許只有不必進食就能活下去的泥人——兆間前輩吧。即使有「水水的」這個困難點，也比遭到捕食好得多。

雖然我嘴裡這麼說，卻也不想違抗美留大姊。

不只是單純基於本能害怕狼，美留大姊這次是基於老交情，跨越部門的高牆參加重要人物的護衛任務，所以我想協助她。何況美留大姊要護衛的對象是我高中時代的大恩人，那就更不用說了。

「可是，我知道的始終是以前的羽川……這次，那傢伙想將昔日的存在，將過去的資料消除得一乾二淨，所以我提供的情報，或許會成為產生雜訊的沒用情報。」

「天底下沒有沒有用的情報。包括所有雜訊或誤報，我想知道所有能夠知道的情報，以便對應所有的可能性。拜託啦，幫我這個忙吧？」

語氣像是在恫嚇，但她這種滴水不漏的態度，只讓我覺得可靠。

「不是誇大其詞，我必須保護的不只是羽川翼，還包括這個國家，甚至是整個世界。務求萬無一失。別站著說話，曆小弟，我們去咖啡廳吧。只有飲料的話我可以請你。」

她的前輩架子挺微妙的。

研修期間進入第三個月，我明明終於學會對前輩撒嬌的方法（世間也將這種行為稱為「敲詐」）……哎，算了。

「美留大姊，難道您要負責帶頭指揮護衛團隊？」

「怎麼可能怎麼可能。我是跑腿的跑腿的跑腿喔。忝居末座的小角色。因為我早就已經退出前線了……不過正因如此，偶爾也有機會教育後進。老狼有老狼的職責所在。」

她明明還不到老狼的年紀。

是以狗的年齡換算嗎？

「不過，我的一族會以各種形式加入護衛陣容，所以我負責指揮他們。隸屬於機動部隊的成員當然不用說，不在警政署旗下單位的傢伙，也動用超法規的權限調派過來……真是不得了。連自衛隊都差點出動喔。」

「……只是迎接一個女生回國，這陣仗挺豪華的。」

「但願只是泰山鳴動鼠一隻。」（註3）

不是鼠一隻，是貓一隻。

不過，這隻貓如今可能會撼動全世界的價值觀，基於這層意義，她和薛丁格的貓並列雙璧。現在沒空在意各組織之間墨守成規的地盤意識。

消除這種地盤意識，正是現在羽川標榜的理念，所以說來諷刺，國家像這樣團結一致，堪稱是被她玩弄在股掌之間。她是貓，所以應該說玩弄在肉球之間？

「不過，我第一次得知這件事。原來美留大姊的一族分散在各個地方。」

「你以為狼人族悄悄住在洞穴裡嗎？不過，像我這樣貨真價實，能夠好好變身的狼人已經沒有新血了……頂多只有擅長遠吠的程度。」

類似我的吸血鬼體質嗎？

註3　日本諺語，雷聲大雨點小的意思。

也就是說，除了風說課的設立，這個世界還以其他形式和怪異有所交集。例如直江津高中的畢業生也有兆間前輩這樣的怪異，日常與非日常出乎意料形影不離。

從好壞兩方面來說，都是形影不離。

只不過，在直江津高中的畢業生之中，羽川果然是首屈一指，獨一無二。在學期間，戰場原黑儀曾說她是「真正的怪物」，但這句話比較像是預言。

如今，二十三歲的羽川翼，確實是真正的怪物。

003

高中畢業當天展開環遊世界之旅的那個時間點，她還只是個基於求知慾想增廣見聞的青少女。只要不提她在三年級第二學期就已經探路完畢的巧妙規劃，這個十幾歲的少女還可以說勉強處於常識範圍。當時的我悠哉心想她這樣就像是背包客，肯定一年左右就會回到日本。沒有自知之明的我，還立志到時候不能讓自己的恩人丟臉。

只不過，羽川的環遊世界，並不是一味網羅知名觀光景點的旅程，甚至不是背包客那種類型，是基於真正意義的「環遊世界」。她好像想走遍存在於地球的所有國家。「所有」。妳想用護照玩集章活動嗎？我聽她說完如此吐槽，但是幾乎處於鎖國狀態，光靠護照無法入境的國家，她居然也想辦法潛入了，我聽到這裡只能保持沉默。

這已經超越吐槽者能吐槽的範圍。

她曾經寄明信片告知近況，不過上面畫的風景和日本截然不同，連抽象畫都比較好懂，我甚至質疑天底下居然有這麼難傳達訊息的溝通方式。不久，我從電視得知這個同窗的近況。

年紀輕輕就擔任志工或加入ＮＧＯ，在各地協助拆除地雷，掘井，維護基礎建設或是蓋學校，以各種形式助人，逐漸以年輕日本女性的身分華麗登上媒體版面。她就這麼成為日本的聖女貞德，一口氣廣受喜愛。

先不提報導內容，我以為上電視不像是討厭引人注目的羽川作風，不過她好像是以自己當活招牌，想要盡快募集活動資金（這是以名字稱呼羽川的戰場原黑儀進行的解說）。

受歡迎的程度超乎想像，慈善活動在日本也頓時掀起旋風，但是這波風潮沒有維持太久。

並不是三分鐘熱度的日本人找到下一個偶像……現在回想起來，將她形容為「聖女貞德」的媒體，或許該說擁有非比尋常的先見之明。

大約在年滿二十歲的那時候，羽川翼的活動從救濟戰爭的受害者或是支援戰災後的重建，逐漸轉型為仲裁戰爭本身。

不知道該說是仲裁還是協調，她受到中立平衡主義者——無根草忍野咩咩強烈影響而進行的浪跡天涯之旅，居然迎來這個不得了的落腳處。

戰爭仲裁者。

這個轎子變得有點沉重過頭，不適合將她拱為偶像做為娛樂用途。更棘手的是這種活動非常適合她。她在世界各地接連促成戰爭國家締結和平條約、停戰談和、吳越同舟或三國同盟之類的協議。

要使用橡皮擦，將地球上的所有國界擦到一條都不剩。這成為她的目標。

乍看之下，這確實像是她所秉持非戰主義的終點，卻也幾乎等同於企圖征服世界的危險思想。她受到的待遇超越偶像，也超越ＶＩＰ，幾乎達到國際通緝犯的境界。

希望未來將奧運的五環融合為單一的花朵。在戰地廣播這麼說的她已經不是活招牌，具備某種領袖特質，如果可以這麼說，她就像是一種革命家。

如今甚至不被允許公然談論她的事情。聽說在某個國家，人們光是寄送內含「Tsubasa Hanekawa」這個名字的電子郵件就犯法（這個國家後來和鄰國合併，如今連國名都消失，是應該流傳下去的歷史事實）。日本還沒做到這種程度，不過公家機關隨時緊盯她的「助人」行為。

「□□□□□□（某國語言的問候）。阿良良木，最近過得好嗎？我今天消除第十六條國境了。」

某段時間，我的租屋處會收到這種內容的明信片，後來卻再也沒收到。我的天啊，她出事了嗎？我對此緊張不已，不過羽川好像是從這時候開始斷絕地緣關係，不知道是認為可能會造成困擾，還是覺得會妨礙到她的活動。

但她還是維持一貫的作風，感覺像是軟著陸那樣，慢慢地，一步步地，為了避免傷害到我們，有計畫地逐漸疏遠我們。說不定她這次回國就是這方面的集大成。

與其說是集大成，應該說是終大成。

羽川想要像是證人保護系統那樣，完全消除自己的存在，藉以成為維持和平的裝置。我完全不知道她在這個世界看見何種光景，促使她做出這個決定。

面不改色說得出「世界很和平」這種話的我，無法理解她這種活動的真正意義。難道就不能和我或黑儀享受快樂的大學生活嗎？

應該不能吧。

憑我的能耐，即使能和那個怪物成為朋友，也無法成為同志。從結果來看，我們從直江津高中畢業的同時就分道揚鑣，彼此只是平凡朋友的交情，不過這樣的羽川翼在我相隔四年返鄉的這個時候，回到直江津署管轄的地區，真是一段奇妙的緣分。

只不過，我們應該不會見面吧。

與其說不會見面，應該說不能見面。

美留大姊被派去護衛要人，好像不算什麼稀奇的事，但我反而受命絕對不准接近羽川下榻的飯店。不只是我，羽川昔日的好友（也包括養育她的父母）肯定都接到這種通知。

只有負責護衛的人能進入飯店。連飯店職員當天也被迫請特休。實際上，究極的和平主義者只要逗留短短數天，就可能招致不只是襲擊或暗殺的緊急事態。

羽川當成據點的地區，甚至有人只為了除掉羽川而發動空襲。如果能保證不會造成恐慌，政府應該很想對這座城鎮發布避難命令吧。

羽川所在的場所是究極的和平地帶，同時也化為世界數一數二的危險地點。那傢伙光是移動就可能影響國際情勢。

我甚至差點陷入必須出國迴避的窘境。雖然最後考慮到現實層面僅止於「一如往常工作」就好（感覺臥煙小姐在這方面也有介入，臥煙小姐和羽川也不是毫無交集），不過，相較於以世界規模持續擴張活動範圍的昔日學友，我現在和周防小姐負責的工作，是查明國中生之間所流行「神奇咒術」的出處。

由此看來，我從高中時代就在做一樣的事。

自己不只是讓恩人丟臉的程度。

即使美留大姊沒負責護衛，我也沒臉見羽川。

004

「原來如此，貓啊。ＢＬＡＣＫ羽川……這名字取得挺合適的。不過，那隻貓已經不在羽川翼裡面了吧？」

「不，沒有不在。反倒該說定居了嗎……只是從野貓變成家貓。然後，還有虎喔。這不是障貓那種自古以來的怪異，是羽川自己創造的新怪異。」

「新怪異？真是匪夷所思。居然能獨力打造出這種東西……」

不只是自古以來，應該說從怪異歷史開闢以來就存在的狼人後裔，對此似乎驚訝到傻眼。

美留大姊穿著皮外套，戴著墨鏡，看起來散發帥氣粗獷的氣息，但她帶我進這間咖啡廳之後，點的飲料是熱牛奶。

明明是狼，卻選擇像是幼犬在喝的飲料。

順帶一提，外套好像是人造皮革。雖然不到吃素的程度，但美留大姊愛護動物。

「不過，這隻苛虎已經只存在於羽川的腦袋中了。」

「苛虎？」

「啊啊，是羽川為那隻白虎取的名字。對於羽川來說，苛虎也和BLACK羽川一樣，算是她可愛的妹妹。也就是入虎穴而得虎子……當時那傢伙為了保護這兩隻怪異，好像自以為付出莫大的犧牲，雖然這麼說，不過從結果來看，她得到的或許比失去的多吧……」

那時候，羽川得到了「脆弱」。將負面情感與痛苦回憶收為己有。這不是壞事。如果沒這麼做，羽川翼「完美無缺的班長」的這一面，將會在不久之後損毀吧。不會成為改革世界的領袖人物，甚至會為了挺身拯救一點都不重要的傢伙（是的，例如我這種傢伙）而輕易喪命吧。

光是那次春假，那傢伙就不知道在鬼門關前晃了多少次。

「因為得到脆弱而變得更強嗎……與其說是哲學，更像是武學的真理。只不過說來奇妙，好不容易獲得這份像是『人性』的東西，如今她卻想要消除……」

美留大姊在這一點好像抱持懷疑態度，不過說來遺憾，我沒有這個疑問的答案。為了消除自身的經歷而回國……昔日那麼強烈渴求，終於獲得的人性脆弱，為什麼如今想當作不曾存在？

「羽川翼」這個個人姓名，會在進行和平活動的時候成為阻礙嗎……不過，如果是「翼」就算了，「羽川」這個姓氏對她來說並非絕對。

她肯定曾經改姓好幾次。

這不是我在同窗時代知道的羽川，是事情進展到後來，聽羽川揭露的往事，不過這方面也應該鉅細靡遺說出口嗎……現在不是顧慮隱私的局面。

這樣像是在散播朋友的祕密，我感覺不太舒服，但美留大姊不是基於好奇，是基於專家的身分收集情報。她打聽的對象應該不只是我吧。

ＢＬＡＣＫ羽川或苛虎這種怪異相關的情報或許只有我知道，不過關於羽川複雜至極的家庭背景，她肯定早就從其他管道取得。

……但羽川應該希望她無法取得吧。

「啊啊，對了，說到怪異相關的情報……我治療過那傢伙好幾次。」

「嗯？幫她處理傷勢的意思嗎？」

「也可以這麼說，不過是利用吸血鬼不死之力的治療。現在回想起來，這不是值得誇獎的行動。但我沒反省就是了。」

「居然沒反省？」

美留大姊苦笑。

「反正時效應該過了，給我說吧。總歸來說，你將鐵血、熱血、冷血之吸血鬼的血液獻給羽川翼？」

「嗯。而且量滿多的……我也用唾液治療過，不過這部分微乎其微。」

「用唾液治療……這沒有時效問題嗎？」

狼人的基準很嚴格，但我總之繼續說下去。

「血液治療這部分，看來果然對後來的羽川造成不太好的影響。那傢伙在某段時期，和一名叫做德拉曼茲路基的吸血鬼獵人共同行動，這您知道嗎？」

「不。可是，我聽過德拉曼茲路基的鼎鼎大名。他在這一行是一流高手，甚至有著過度優秀的傾向。原來如此，不只是忍野咩咩，羽川翼的第二個導師，是那個專殺吸血鬼的吸血鬼嗎……」

「第二個導師」這種說法感覺不太貼切，不過，德拉曼茲路基的工作方式，羽川肯定應用在她現在的行事作風吧。

專家的工作。

人生在世，不知道什麼東西會在哪裡派上用場。

只不過，現在要進行的正題，並不是這樣的教誨。

「羽川從德拉曼茲路基那裡，獲得能夠急遽活化不死之力的棘刺，那段時間好像讓自己數度化為近似吸血鬼的存在。那個……她說就像是花粉症那樣。用來治療之後潛藏在體內的吸血鬼性質，會對剋制吸血鬼的物品起反應，產生防護作用……」

這方面我一知半解，所以無論如何只能結巴說明。何況她說過，她已經將這些過敏原用光了……

「無論如何，高中三年級那時候，羽川肯定不只一次，而是經常體驗金髮金眼的吸血鬼狀態。」

「你認為她當時體驗的萬能感，造就現在的英雄——羽川翼？」

「先不提德拉曼茲路基的處世態度……我認為和吸血鬼體驗沒什麼關係。因為真要說的話，對羽川來說，那好像是一段煎熬的體驗。」

她沒像我一樣悠哉利用吸血鬼特性。

而且，成為吸血鬼時的萬能感，也連結到回復為人類時的無力感。

「或許是反作用力吧。或許是這段非自願以暴力解決事情的經驗，造就現在這個極端的和平主義者……不過，我幾乎沒掌握她畢業後的流浪生活，所以最重要的部分不得而知。」

「也對。因為真要說的話，應該是從直江津高中畢業之後的體驗，造就現在的這個羽川翼。嗯，不過，曆小弟，你的情報值得參考。非常值得。」

美留大姊說完，一口喝光熱牛奶。不，我們聊得出乎意料地久，牛奶應該涼透了。

「如果幫得上您的忙，我會很高興的。請您保護羽川吧。」

「交給我吧，因為這是工作……為了維持世界現行的體制，先不提生命或身體安全，是否該保護那孩子的思想，我沒辦法表示意見。」

我也沒辦法表示意見。

至少我現在從事的社會主義，和她的信念截然不同……因為雖然目前還在幻想階段，但如果她的活動就這麼不斷開花結果，日本這個國家也可能遲早消失。

以國籍為首，留在這個國家的所有經歷，她之所以想要消除，或許不是為了拋棄「人性」，是為了有朝一日而埋下伏筆。

「我贊成和平主義，卻也認為行善要有個限度。」

「嗯，我也是，而且也隨時提醒自己要將這件事銘記於心。羽川在高中時代肯定也學過這個道理才對。」

她肯定學習了下一個階段的道理吧。

我所不知道的，下一個階段的道理。

而且，雖然這部分不能搞錯，但這絕對未必是錯的……

十幾歲就抵達的「真實」，如果接下來也一直是真實，反而比較奇怪。

畢竟常識的定義以及周圍的環境，也會因為時間而變化。我現在明明不在羽川身邊卻高調評論她，這也挺奇怪的。

「對了，美留大姊負責護衛她，我就像是吃了定心丸，不過羽川自己沒從國外帶護衛過來吧？像是特務或保鏢之類的。」

「羽川翼不屬於任何組織或團體，所以是在每次進行活動的時候從各處召集人手，一旦達成目的就解散。心理學團隊分析說，她基本上好像認為『集團維持太久會腐敗』。即使不是反權力，但也是反體制的人種吧。」

哎，她從高中時代就有這個傾向。

雖然是優等生，但是基於各種原因，高三後半幾乎沒來上學。有時候她沒出席的原因，還會怪到我這個副班長頭上。

「哎，雖然這麼說，但她不是笨蛋，應該不會笨到毫無防備，全權交由當地的人員護衛吧。肯定充分做好安全措施……派我過去始終是以防萬一，可以認定沒有狼人活躍的餘地。我出馬的時候，就是這座城鎮消滅的時候。」

「請不要講得這麼嚇人。」

「不過如果姬絲秀忒・雅賽蘿拉莉昂・刃下心從你的影子冒出來協助護衛，就完全不用擔心了。」

「很可惜，這是不可能的。當然不只是因為失去力量，吸血鬼和貓也不是那麼處得來……這場鬧劇落幕之前，她好像都不會協助我的工作。」

「居然講得像是對貓過敏……ＯＫ，那麼出事的時候，就只靠狼人拯救城鎮吧。所以接下來我不是以警察身分，而是以警犬身分問一下，像是羽川翼以前送你的禮物之類的，你有沒有珍藏這種東西至今？」

「唔……」

這個問題問得很深入，我卻不懂她的意圖。

羽川送我的禮物？

「我自覺這樣侵犯隱私，不過我是『犬科巡警』。如果你有沾上她味道的東西，我會很高興的。」

「為了護衛？」

「以防萬一。只不過，以我的助手立場沒機會接近她本人，所以如果知道她的味道，必要的時候就可以追蹤……你心裡有底嗎？」

「不，很難說。是啦，我們應該曾經相互送過禮物，但畢竟已經是五年多前的事……而且我也因為搬家之類的關係，所以沒什麼在保存物品……」

我嘴上含糊帶過，但其實有想到一些「禮物」。

只不過，這甚至大幅脫離隱私的範疇……我沒帶到租屋處，所以應該依然收在我老家的臥室，是羽川翼胸罩加小褲的成套內衣，以及文化祭前後剪掉的麻花辮。

我不希望終於相處融洽的前輩認為我是變態。

這些物品丟不得也動不得，如今只能說不知如何處理。而且經過這麼久，拿來進行ＤＮＡ鑑定或許還派得上用場，但味道終究已經消失吧。即使是我現在回想起來一點都不正常的高中時代，也終究不會裝進夾鏈袋藏在冰箱……保存狀態爛到不能再爛。

「這樣啊。」

美留大姊說。

感覺她打從一開始就不對此抱持期待，不過接下來這個問題好像才是正題。

「那麼曆小弟，最後可以告訴我一件事嗎？羽川翼逗留期間過來見你的可能性，你覺得有多少？」

「我被禁止面會。」

「啊啊，不過是禁止你去見她的意思吧？我在問她來見你的可能性。」

我可以立刻回答這個問題，但她應該不是隨口問問，所以我決定好好思考。

「雖然你在這部分含糊帶過，但即使除去共享怪異情報的這一點，你們也不是普通的朋友關係，不是普通的同學關係吧？她沒對你抱持特別的情感嗎？」

我思考的這段期間，美留大姊慎重補充說。

「…………」

包括這部分在內，我思考之後回答。

回答羽川來見我的可能性。

「是零。不必擔心這件事。」

「這樣啊。知道了。抱歉我問了多餘的問題。」

這句道歉才是多餘的。

005

有兩個壞消息。

在這種場合，正常應該說「有一個好消息跟一個壞消息」，但我能準備的只有壞消息。而且還兩個。

第一個壞消息，是關於我和周防小姐所負責那個「咒術」的調查。這個案子彷彿是昔日這座城鎮所發生那一連串的事件，可說是沒有進步，不過搜查任務看來會不了了之。沒有主謀，沒有受害者，也沒有確切的源頭。總歸來說是典型只在孩子之間流傳的謠言，並不是有壞人在打鬼主意。

也就是沒有騙徒。也不是模仿犯。

「感覺這個傳聞置之不理比較好。要是從外部施壓，反而恐怕會變質。就這麼任憑傳聞隨風流傳，觀察自然演變的過程吧。」

周防小姐做出這個結論。

嗯，如果動不動就取締，風說課會變成天大的思想警察。

所以，以像是做白工的行事結案，雖然沒有腳踏實地進行搜查活動之後的成就感，不過說來遺憾，這也不算壞消息。我要說的壞消息，是我沒能逮捕騙徒。

即使不完整，但是貝木那傢伙意外地遵守「再也不接近這座城鎮」的約定。真是個守規矩的傢伙，明明他敢回來的話，我就會逮捕他。

不提這個，第二個壞消息是這樣的，在羽川翼回國的新聞將公家機關鬧得雞犬不寧的背後，我妹妹阿良良木月火悄悄回到老家。

一回家就在客廳吃冰淇淋。

不不不，意外和心愛的妹妹重逢，無論如何當然是應該開心的事，不過之所以無法歸類在「好消息」，是因為月火絕對不是知道我返鄉，也就是抓準我的研修期間回國，更不是因為快過年才回國，而是她明明重新就讀海外的大學卻再度輟學回國。

第二次輟學。

不只是壞消息，而是壞透的消息。

「放心放心，因為我打算再去新的學校。話是這麼說，但這次不是上大學，是上舞蹈學校。」

「妳的志向是什麼啊？我妹妹是什麼人啊？」

「別氣別氣，我把哥哥當成我的驕傲喔，死菁英。」

「我宰了妳喔！」

「淨是正經人物的阿良良木家，至少要有一個我這樣的人，否則很無聊吧？這家人將來遭遇危機的時候，我這個遊手好閒的么女會來拯救你們。」

「妳搞不好會為我們家帶來毀滅。我跟小憐該不會是被妳害得不能出人頭地吧？」

「真討厭，滿腦子想出人頭地發大財。我現在只想在賭場跳舞喔。」

真是不安。

火憐單純因為感情很好的妹妹突然返家而欣喜，正在廚房大顯廚藝。總覺得她比我這個哥哥返家的時候還要樂不可支。

我感到羞愧。

下班拖著疲憊的身體回家，第一個看到的居然是這個和服妹妹……她是這身打扮從機場回來？

機場明明因為羽川處於戒嚴態勢，她是怎麼突破的……這些傢伙個個都有相當不平凡的一面。

髮型不知為何，是及肩的兩條麻花辮。

和優等生時代的羽川很像。

羽川翼在海外比較知名，所以月火應該不會不知道她回國吧……

「知道啊～上次見到戰場原姊姊的時候聽說的～」

「什麼嘛，妳見過黑儀？雖然我知道妳們有保持聯繫……」

即使精通多國語言，能以母語交談的對象好像還是很寶貴，在國內交情沒那麼好的戰場原黑儀與阿良良木月火，現在會以電子郵件往來。

可是她們住的地方，肯定比北海道與沖繩的距離還遠……

「嗯。我寄電子郵件說不唸大學了，她就擔心地過來見我。」

「這麼重要的報告，別只用電子郵件告知好嗎？」

「所以我不就當面向哥哥說了？」

這傢伙真的長大了。

想必是認為一定會被反對，所以要黑儀保密，並且先斬後奏吧。

……哎，算了。

每個家庭確實至少需要一個這樣的傢伙。

「所以，妳要住多久再走？能在這邊過年嗎？我想我們的父母大人到時候終究會回來吧。」

「唔～～我們的父母大大會回來吧～～」

「不是大大，是大人。」

「很高興哥哥這麼想和我享受共處的時光，但我明天就出發喔。而且已經告訴火憐了。」

月火舔著冰淇淋盒蓋這麼說。

這個妹妹都快二十歲了，還完全沒學習到禮節……可是，明天出發？

「妳是怎樣？突然回國又突然出國？把返鄉當成蜻蜓點水？這是哪門子的空中飛人？妳的錢究竟從哪裡來的？溺愛妳的爸爸媽媽，肯定也唯獨不給妳生活費才對吧？」

「是啊～～明明哥哥直到二十二歲都還在當伸手牌～～」

「回答我。如果妳做了壞事，就算是妹妹，我也會含淚逮捕。然後每天去探望妳。」

「這個建議真美妙，不過放心吧，我沒做壞事。還沒。」

「不准說還沒！」

「我是流著眼淚辛勤工作，簡直賺人熱淚。舞蹈學校的學費也會自己賺。」

光是聽這段話，月火的生活環境應該和自己籌措醫學院學費的神原沒什麼兩樣，給我的印象卻差很多……因為她是自家人，所以我才會放大檢視嗎？

即使做哥哥的總是會擔心妹妹……但她這種傢伙，我想任何人都會擔心吧。

「還有，並不是明天回國喔。預定在東京那附近閒逛觀光一段時間。回國之前或許會再過來一趟。到時候再麻煩照顧喔～～」

「那附近」是吧……她的計畫還真是縝密。

看她這樣，我不認為她已經訂好觀光要住的旅館。

是沒錯啦，與其說賺人熱淚不如說頂天立地，在海外拿工作簽證生活的她，或許覺得日本首都如同和平的樂園，不過這個國家的治安等級正在大幅改寫。

但要是說起這件事，這座城鎮或許比首都還危險，所以我覺得她想觀光就隨便她，卻不認為她能在當天找到下榻的旅館……不得已了，身為大人的我，至少在這時候幫她訂一下旅館吧。

「也幫妳出住宿費吧。妳在日本這段期間的活動資金由我提供。」

「哥哥，你再怎麼說也太寵妹妹了。以前明明狂摸妹妹的胸部。」

「不准提往事。當時我們都還這麼小吧？」

「不，哥哥當時的身高和現在差不多。」

「妳當時的胸部很小。」

「你當時的言行也和現在沒什麼兩樣吧？和我的胸部差多了。」

活動資金什麼的就免了。（個頭）小小的妹妹這麼說。

「喂喂喂，明明在喊窮，妳客氣個什麼勁啊？」

「我沒有喊窮。日文家教的收入滿好的。」

「打工了不起是吧……不過，妳的死菁英老哥也有領薪水喔。至少讓我出住宿費吧。」

「花不到住宿費。哥哥，看來你以為我毫無計畫就要去觀光，但我已經安排好借住朋友那裡了。哥哥你不記得了嗎？千石撫子。」

這傢伙把哥哥的記性當成什麼了？

我不得不說她的指摘很正確……不過，原來如此。

沒有朋友的我，確實想不到可以借住朋友家……話說這傢伙，原來依然和千石保持聯繫？不同於月火，千石已經不是學生，應該會頗為困擾吧……我雖然不清楚，不過漫畫家是一份很繁重的工作吧？

「放心放心，我會幫她工作。我是千石撫子大師的助手，是首席助手。」

「不准企圖率領千石的助手團隊。滿腦子想出人頭地發大財的是妳吧？」

「如果是手繪網點的程度儘管交給我。」

「妳的技術挺不錯嘛。」

不要講得好像只能幫忙塗黑一樣。

這個妹妹明明各方面欠人照顧，卻在各方面不讓人照顧。

「知道了知道了，隨便妳吧，隨便妳怎麼活下去吧。連我的份一起自由活下去吧。至少在今晚放輕鬆點。」

「也對。不然的話，要不要久違一起洗澡？畢竟我勉強還算是十幾歲。」

「怎樣的十幾歲都不行吧？」

說到這裡的時候……

「哥～～月火～～晚餐準備好了，幫我端過去～～」

火憐從廚房叫我們。

也對，即使沒辦法幫忙做菜，至少要幫忙端菜擺碗盤……如此心想從桌邊起身的只有我，月火則是拿起遙控器開始看電視。

太自由了。

「嗯？小憐，菜色終究做太多了吧？我知道妳想歡迎笨蛋返家的心情，不過這些分量就算三個人一起吃也吃不完吧？」

「哥哥，你在說什麼？是四個人一起吃喔。」

「咦？」

聽她這麼說就發現，不只是料理分量多，筷子與叉子等餐具類，也比三人份多一份……難道是父親或母親以搜查能力打聽到月火回家，搭乘新幹線回來？

「不是啦，哥哥……咦？沒聽月火說？我一直以為哥哥早就知道了。」

小憐愉快的表情頓時變成「這下不妙」的表情。

「看來可能會因為違反命令被開除。不只是我，哥哥也是。」

「咦……？」

喂喂喂，拜託別這樣，不會吧？

該不會有第三個壞消息吧？

在我的臉色因為不祥預感而鐵青時，客廳那邊的門打開了。

「早安，月火妹妹、火憐妹妹。對不起，借躺妳們家的床。阿良良木回來了嗎？」

右手揉著眼睛，左手撫平睡翹的頭髮，身穿睡衣睡眼惺忪的羽川翼現身了。

006

和平的象徵。日本的貞德。現代的年輕鬥士。非戰的革命家。在國際綻放的花朵——聽著各式各樣的稱號，我內心的「Tsubasa Hanekawa」形象不斷膨脹，不過像這樣冷不防見到，就這麼見到的老同學，是和這些稱號相差甚遠的二十三歲女性。

若要說英姿煥發的感覺，或是穩重可靠的氣息，抑或是精明幹練的舉止，我在現在職場看見的女性們都像樣得多。總之，部分原因應該在於我第一眼看見的是她穿睡衣的惺忪模樣，不過比起高三那時候，她給我的印象更加心不在焉。

即使說著「哎呀～～不好意思」靦腆就坐，雙眼依然沒對焦。或許只是還沒戴上隱形眼鏡，但總之若說這是和平的象徵，某方面來說確實很像和平的象徵。

不過她這副模樣，令人很想質詢妳到底哪裡是國際上的重要人物。

不只和高中時代相比沒有成長，甚至像是退化到幼年，不過，外型本身當然有所變化。以前剪短的頭髮也留得好長。

大概比綁麻花辮那時候還長。

白黑相間的髮色，和她剪成鮑伯頭那時候一樣……不，總覺得黑髮的比例增加？過了某個時間點之後，「Tsubasa Hanekawa」的影片完全從媒體絕跡（回頭找舊影片也都不能看），所以我沒辦法斷言就是了。

「阿良良木，怎麼了？一直盯著我看。啊哈哈，我穿睡衣的樣子這麼迷人？不過這是向火憐妹妹借穿，所以鬆垮垮的。」

「不，並不是這樣……」

我原本想接著說「何況又不是第一次看」，但我想到妹妹們也坐在同一張餐桌旁邊，所以自制了。

這麼說來，阿良良木曆經常在認識異性沒多久就看見對方半裸，這個傾向該不會是從羽川翼開始的吧……只是我覺得還是和以前的狀況不一樣，因為當時的羽川要是被男生看見穿睡衣的樣子，絕對無法心平氣和（不過也有人心平氣和，例如戰場原黑儀與神原駿河）。

當時還加披一件外衣。

想到這裡就發現，羽川剛才從二樓下來（不只是睡衣，好像連床都是借用火憐的），看到早早下班已經回來的我，一副嚇一跳的樣子，但她即使嘴裡說不好意思，也沒要回二樓換衣服。

總之，無論她這幾年過著什麼樣的生活，要是神經繼續這麼幼稚又敏感，應該沒辦法活下來吧。即使是害羞的少女也會逐漸變得粗線條。

只是，即使粗線條在海外與戰地是不可或缺的要素，她今天穿火憐的睡衣，睡火憐的床，吃火憐做的飯菜，再怎麼說也太過於粗線條了。不，食衣住這部分出自羽川與火憐的好交情，所以我不介入，但問題在於羽川在「今天」這麼做。

羽川翼現在本應在最高戒備層級的飯店，幾乎處於軟禁狀態才對……本應埋首處理堆積如山的文件，忙著進行消除己身的經歷才對吧？

我的前輩為了保護這樣的她，今晚本應熬夜工作才對。為什麼這樣的護衛對象，會在平凡無奇的阿良良木家享用晚餐？

我瞪了月火一眼。

她好像當成單純的眼神交流。

「幹麼？我不是說了嗎？我是和羽川姊姊一起回來的。」

她說完，詫異歪過腦袋。

妳沒說。只聊過麻花辮會聯想到昔日的羽川。

妳該不會以為這段對話，就等於妳已經報告自己和羽川一起返鄉了吧？

天底下有這種非語文溝通？

即使是一家人也不可能成立。

「咦？羽川姊姊回國的消息，你沒聽戰場原姊姊說過？」

「這我聽過……」

「羽川姊姊拜託戰場原姊姊幫忙傳話，這你聽過嗎？」

「並沒有？」

雖然不清楚來龍去脈，不過看來早就預先打通關節了。繼續和自由不羈的月火周旋只會沒完沒了，所以我看向好歹已經出社會工作的另一個妹妹。

「沒有啦，我也一直認定早就和哥哥說好了。不然我知道的話，肯定會通知老大。因為我也被命令禁止和翼姊姊見面。」

火憐像是辯解般說。

生活安全課的課長好像被叫做「老大」，不過這個習慣一點都不重要。既然指揮系統不同，我計較這一點也很奇怪。

而且，我也一樣沒將羽川翼的現在位置告訴長官，也一樣正和她共進晚餐。

或許應該現在就報告，不過，真的是這樣嗎……我身為警察應該反射性地這麼做，但因為冷不防看到她穿睡衣的樣子，加上肚子也餓了，所以先行到餐桌就坐，這樣實在不太好。

變得有時間思考。

在全世界名聲響亮的人，在毫無防護的狀況下，待在沒什麼保全設施的普通民宅，如果我沒報告這件事是一大問題，那麼她從溜出萬全的要人護衛網來到這裡也是一大問題。

是一大問題，也是一大失態。

要是世間知道羽川翼暴露在危險之中，日本在國際上的信賴度將大幅滑落。直江津署將會暫時停止運作吧。風說課不會只有討論去留這麼簡單。只有我和火憐絕對不會只有開除這麼簡單。這個縣的失業率想必會三級跳。

不知道現在外面天翻地覆到什麼程度……

「嗯，嗯嗯。阿良良木，沒問題的。你還是一樣愛操心。放心，我是神不知鬼不覺偷偷溜出來的，會在別人發現之前回去。好好回去。」

「這樣啊……那麼……」

可以嗎？

如果動用國家警力護衛的卻是一間無人飯店，就某方面來說臉皮還真厚……美留大姊知道的話會怎麼想？

我才斬釘截鐵斷言羽川來見我的可能性是零，所以我覺得非常對不起她。

如果我提供內衣或麻花辮這種「羽川的回憶物品」給美留大姊，或許她已經開始追蹤了……如今這樣看來，不知道這究竟是好事還是壞事。

「待在總統套房好彆扭……露營輕鬆多了。啊，不過火憐妹妹的床當然很好睡喔，我的時差問題解決了。」

羽川散發的氣息無神到令我懷疑時差問題還沒解決，但總之她看起來毫無危機意識。明明可能演變成國際問題。

現在的她或許沒有「國際」這個概念。

「拘謹的餐會，我也敬謝不敏。我不要客房服務，我想吃的是這種家常菜。阿良良木，你不吃的話給我好嗎？」

「啊啊……請慢用。」

「哥哥，你不吃的話給我好嗎？」

「妳給我挨餓吧。」

「總之哥哥，既然來了也沒辦法吧？回想起來，以前也讓羽川姊姊住過我們家。記得哥哥當時正在離家出走？」

看來火憐以這種方式看開了。

不愧是至今依然每週去道場三次，了不起的膽量。

還講得猶豫不決的我，看起來好丟臉。

「這種時候要逆向思考喔。如果我被派去護衛，就不能像這樣和羽川姊姊一起吃飯了。我覺得現在這樣很幸運。」

如果這是幸運，那就是相當人為的幸運了……這樣可以嗎？

話說回來，我這兩個妹妹（月火當然不用說，火憐只要做好覺悟也一樣）在要人面前真是放得開。

難道說，是我太鑽牛角尖了？或許是我對以前的自己沒有自信，不敢像以前一樣和以前的朋友來往……這麼一來，就只是我擅自抱持自卑感罷了。

「先不提面會的禁令……上頭也有要求妳那邊的人出動嗎？我的部門也有一個人去支援。」

「再埼美留小姐吧？」

「咦，妳認識？」

那就更早告訴我好嗎？我的研修已經第三個月了耶？

「不算認識，不過那個人很有名，經常在大賽見面。警察的武道大賽。」

「啊啊，原來如此。」

「聽說她闖了大禍才下放到直江津署，雖然大家都這麼傳，不過既然能夠擔任羽川姊姊的護衛，應該不是犯下什麼差錯吧。」

原來有這種傳聞……真是不得了的風說。

當事人應該不在意，不過身為狼還是顏面掃地吧。

即使只是暫時，但我身為她的後輩，希望她能藉著這個機會立功挽回名譽，不過既然要保護的要人逃走，這就是最慘的狀況了。

「看來臥煙小姐的計畫進行得很順利。」

羽川輕聲這麼說。

火憐與月火在場，所以她沒繼續說下去，不過看來她知道風說課成立的來龍去脈。這傢伙即使雙眼朦朧，判斷力依然敏銳。

真的是耳聰目明——應該說聰明。

我不認為她現在依然會和臥煙小姐打交道……但是無論如何，現在應該是說那句話的時候吧。

「羽川，妳真是無所不知呢。」

「我不是無所不知，只是剛好知道而已。」

羽川笑嘻嘻這麼回應。和以前一樣。

不過，現在的羽川又加了一段話。

「知道的愈多，不知道的也愈多。」

即使是知道的人，遲早也會變成不知道的人。

007

用完餐之後，一起洗澡。

不，當然不是我和羽川，也不是我和月火，是火憐與月火這對好姊妹一起洗。

妹妹們說我和羽川是老同學，應該有很多話想聊，所以貼心暫時離開。

哎，她們兩人是前「栂之木二中的火炎姊妹」，也有很多話想聊吧。

「只讓你們家招待，我會不好意思。」

羽川說完主動接下洗碗盤的工作。

「要洗碗嗎～～還是抓人吃啊～～」

那是妖怪「小豆洗」的臺詞，總之不能讓客人自己洗碗，所以我也站在廚房的流理臺，和羽川並肩拿起海綿與洗碗精幹活。

「啊哈哈，總覺得我們這樣好像夫妻耶。」

這笑話踩到紅線了。

考慮到羽川穿著居家睡衣就更不用說。

只是，即使裝出這種胡鬧的樣子，她洗起碗盤高明到我完全比不上。我離家獨立也很久了，卻無法這麼俐落處理餐具。

基本上由我洗一次，然後羽川再洗一次。這樣我在場根本沒意義吧？

這是哪門子的雙重檢查？

「說到夫妻我就想到，你和黑儀還順利嗎？」

「因為夫妻讓妳想到這件事，我覺得挺不好意思的，不過羽川，妳也早就知道了吧？」

「嗯，聽她本人說過。」

「我就知道。」

「阿良良木，你也移居海外吧？我覺得你最好增加和黑儀共處的時間。」

「我好歹也是國家公務員喔，已經向國家效忠了。」

「是喔。」

我只是想藉此轉移話題，但是羽川的反應很冷漠……確實，現在的她正在和「國家」這個概念戰鬥，國家公務員在她眼中或許是敵人中的敵人。

有點尷尬。因為我們形式上正在做一樣的工作，所以更尷尬。

我忍不住開始尋找羽川和以前的相同之處，和以前的不同之處，尋找她的改變之處與不變之處。這樣很像在比較「羽川翼」和「Tsubasa Hanekawa」，不過就羽川看來，改變的或許是我吧。

這是當然的。

高中三年級的時候，我效忠的只有羽川一人。

不過是「除了吸血鬼就只有她一人」的意思。

「……妳待到幾點必須回飯店？」

繼續沉默只會更尷尬，所以我換個話題。

若說她待到幾點該回去，應該是得盡快回去吧，但是我不方便要求訪客早點回去。

雖然剛才說那麼多，但羽川一回國就避開護衛的監視過來見我，我好高興。為難的心情大於高興，或許只是因為我長大之後懂得分寸，但如果阿良良木曆是高中生，肯定會開心到雀躍吧。

這也是職業意識嗎？

「並不是用幾點鐘當時限。我又不是灰姑娘。我是沉睡森林的公主。」

「妳是公主？不過聽說妳是革命家啊？」

羽川無視於如此調侃的我，發出摩擦聲擦乾盤子。「其實，溜回去比溜出來難喔。因為我用的不是密室詭計，是逃離詭計。」她說。

「是不是找小扇幫忙解決就好？小扇她過得好嗎？」

「唔～～真要說的話過得很好喔。活蹦亂跳。」

「見過神原學妹了嗎？老倉同學後來怎麼樣了？千石妹妹呢？你去過真宵小妹那邊了嗎？」

「喂喂喂，怎麼接二連三提到這些懷念的名字？」

是我先改變話題，所以就算她再度改變話題，我也無從抱怨，但她莫名講得像是連珠砲一樣，都不等我回答。大概是要我一起回答吧。

「見過神原了。在醫院巧遇……我和老倉還是在絕交狀態吧……記得嗎？就是那個事件之後。千石已經不在這座城鎮，我從那次到現在都沒見過。八九寺那邊……總之，我想在新年參拜的時候去一趟。」

總覺得自己無情無義的一面像是浮雕逐漸顯現。

我太不擅長和他人來往了。

我真的是那對姊妹的哥哥嗎？

千石也是，如果我的應對沒失誤，她應該還待在這座城鎮……不對，這是我自以為是吧。

不過，說到自以為是，我對羽川的想法才叫做自以為是。

如果她在那個春假沒認識我，先不提半裸那件事，羽川應該不會在海外被稱為「日本的貞德」吧？

是沒錯啦，如果她一直是「完美無缺的班長」，應該會在年滿二十歲之前出問題，但即使不依賴BLACK羽川與苛虎，她或許總有一天也能控制那份亂七八糟的天分吧？

像是美留大姊的狼特性那樣。

這種做法，更能讓她成為嚮往已久的「平凡女孩」吧？只是，如果說到無情無義，現在的羽川或許是個中極致。

為了未來，她居然想消除過去。

……哎，比起過去更要活在未來，這一點我也一樣，大家都一樣吧。「為什麼變成這樣」這種問題再怎麼思考，也只能怪在別人頭上或是自己頭上。

不該怪在神明頭上，也不該怪在怪異頭上。

「這麼在意以前的朋友？真的要準備消除過去的時候，卻捨不得那些傢伙了嗎？妳才應該……」

「唔～～是這樣嗎？如果不怕誤解明講，我這麼問並不是好奇。雖然也想知道大家的『後來』，但我現在滿腦子都是別的事情。」

我想也是。

我也不認為對家鄉的愛應該優先於對全人類的愛……世界和平萬萬歲。

「總之，這攸關我和火憐會不會被開除，所以要想辦法巧妙回去喔。這種程度的事，至少放在妳腦袋的一角吧。」

感覺像是在互相轉移話題與拉回正題，但是在這方面，我講得很嚴肅。先不提我或火憐，至少我不想為前輩美留大姊添麻煩。

這是我現在的交際方式。

「即使是妳，要消除經歷也不容易吧？也就是成為另一個人的感覺嗎？」

「嗯。嗯嗯。阿良良木，你可能誤會了，但我並不是回國順便來這裡耶？」

「咦？」

「消除經歷只是表面上的藉口，那種程序一點都不重要。雖然我的出身會成為活動時的弱點，但是有這種弱點比較好。真要說的話，消除經歷才是順便。」

羽川這麼說。就這麼繼續洗碗盤說下去。

「我回國，是為了見你。」

008

「我剛才說『滿腦子都是別的事情』，正確的意思當然是『滿腦子都是你的事』。對不起其他人就是了。告訴你一件好事吧。阿良良木，我高中時代很喜歡你。

你沒察覺吧？」

她滿不在乎，像是一邊哼歌一邊這麼說，不過我確實沒察覺。直到她當面向我表白的這個時候。

「啊哈哈，我一直想說這種話看看。想在長大之後，向學生時代單相思的男生表白。」

「……這是我今天聽到的第一個好消息。」

「真不錯耶。」

「不過……這是在聊從前吧？」

「說得也是。如今這是往事。不過如果你堅持，我可以和你交往啊？」

「這也是妳一直想說的那種話？」

「不，這是說出口瞬間就會後悔的那種話。失敗失敗。」

羽川說著閉上雙眼。

她在眼簾後方看見什麼樣的光景？在腦中尋找什麼樣的記憶？我無從得知。

我已經完全不知道羽川在想什麼了。

如果她是做正事順便來見我，我還是很高興的。羽川離開之後，我可能會忍不住偷笑。

但是，她回國居然只是為了見我……

羽川說不定已經連「回來了」的感覺都沒有。或許她早就成為「地球人」，從日本這個國家振翅高飛。

羽川翼。擁有異形羽翼的少女。

不，如今她不是少女。

「……為了什麼？」

這個不識趣的詢問，或許甚至隱含怒氣。但我認為即使不識趣，這個問題也不會不講理。因為本來就是這樣吧？

妳不知道這次究竟動員了多少人嗎？就只是為了見我？可能改變國際情勢與治安風險，甚至可能改變戰爭或內亂狀況的這趟返鄉，到頭來妳想做的只是再見老朋友一面？即使不提美留大姊的事，甚至不提我與火憐的飯碗……這個行徑也太魯莽又幼稚了。

鼎鼎大名的羽川，怎麼做出連月火都不會做的任性舉動？

「為什麼這麼做？」

「嗯。嗯嗯。偷偷來見你的理由，我想了兩個。」

「居然想了兩個……」

「就是薛丁格的貓喔。箱子裡的貓是死是活……正確答案是哪一個？這樣好了，你知道我怎麼逃離戒備森嚴，叫做飯店的那個箱子嗎？如果你說得中我的手法，我就告訴你。」

拆穿手法嗎？這讓我想起往事。不過這果然是小扇的職責吧。

……不對，小扇已經離開我身邊。不再像是夜晚的黑暗纏著我，漂亮找到自己的崗位。

而且即使不考慮這一點，我也是警察。至少得自己進行密室詭計的推理。

「嗯。不過這不是密室詭計，是逃離詭計。」

感覺廣義來說沒有兩樣，不過如果是密室陷阱，房間裡就需要有屍體——貓的屍體。

薛丁格的貓。

「所以，是哪兩個理由？甚至不惜在妳想促進和平的世界造成混亂？」

「其①，大概是因為我促進世界和平至今累了吧。」

「…………」

「跟灰姑娘恰恰相反？可能是被當成聖女覺得累，想要逃避一切，想要回到從前。回到從前被你調侃是大奶的那時候……因為吃得很差，我的胸部稍微縮水了，你有發現嗎？」

「並沒有。何況妳的睡衣鬆垮垮的。」

「對。我就是想回到這樣拌嘴的從前。」

被當成聖女是吧……我把妳當聖母就是了。

「明明不是這樣的。明明只要幫得上我伸手可及的人就好。說真的，為什麼會變成這樣……」

當然是因為妳的手伸得到地球的另一側，但她應該不是要求我這麼說明吧。而且她說的「其①」不一定是真的。

聽起來確實煞有其事，不過羽川翼是「回過神來就被拱成和平象徵」的那種人嗎？

如果她的才器僅止於當個花瓶，應該不會鬧得這麼大吧。

更不可能因而精神耗弱，跑來見我這種人。

「你還是會講『我這種人』這樣的話？阿良良木，你就是這樣鑽牛角尖。擅自認定『那樣的羽川翼不可能喜歡我這種人』。根本不知道我多麼依賴你。」

「不，這……」

「其②，我是來挖角你。」

羽川不准我解釋，說出第二個選項。

「你知道我的活動都是獨力進行吧？還是說，你對我的活動興趣缺缺？總之我沒加入任何組織，也沒有任何信念與共的同伴。只不過是因應當時的狀況，和能夠協助的人一起盡可能同心協力罷了。如果不是這種做法，就會和我所做的事情矛盾，所以我一直是這麼走來的，不過就某方面來說感覺達到極限了。我的信念開始動搖。記得我在高中時代徹底反省過這一點對吧……我的內心一樣需要照料。即使志向不同，我也想要可以信賴的搭檔。」

「……搭檔？」

關於羽川的獨力行動，美留大姊確實說明過。證明所言屬實的「其②」也多少帶點真實的味道，可是話說回來……搭檔？

「對。搭檔。必要時扶持我的人，必要時收拾我的人——我需要這樣的人。我認為這個人選非阿良良木你莫屬。我已經看遍全世界各個國家，卻沒找到像你這樣的人。沒有人願意賭命阻止我的愚笨。沒有人願意阻止我的天才。」

「…………」

「哪個理由是真的呢？我也不知道。」

要打開箱子才知道。

羽川至今一直只看著自己洗碗盤的手，但她這時終於看向我。

「你敢打開箱子嗎？連我都不知道的這份心情，你能為我揭密嗎？」

「……很難說。感覺我怎麼選都會被哄騙。」

我無法直視這樣的羽川，視線游移不定。但我也無法完全移開視線。回想起來，我洗碗盤的時候幾乎沒在看自己的手，而是一直看著身旁的羽川，難怪洗不乾淨。

我在看她黑白相間的頭髮。

看著黑白混合而成的灰。

「所以，先不管逃離詭計的推理，妳先二選一回答我吧。如果妳來這裡的理由是『其①』，我會說『那妳就此收手吧』。比起世界和平，我更重視妳內心的和平。因為這麼一來，妳肯定會大發雷霆，想起自己的信念，然後回飯店吧？」

「原來如此，原來如此。如果我的心情是『其②』呢？」

「我會鄭重拒絕。」

「因為是國家公務員？」

「因為是風說課的一分子。還在研修就是了。比起妳內心的和平，當前我更重視這座城鎮的和平。重視妳青少年時期所度過這座城鎮的和平。」

「……我覺得你這個回答才是在哄騙我。我明明就在這裡，你卻一直看著以前的我。」

羽川說到我的痛處，但是說來神奇，她看起來挺高興的。

以前的羽川翼。

不過，這裡說的「以前的羽川翼」，是指哪個時期的她？

完美無缺的班長時代？ＢＬＡＣＫ羽川？剪頭髮之後？吸收白虎獲得弱點之後

的黑白斑紋頭髮？聽說她還曾經變成金髮金眼，具備吸血鬼性質的羽川翼。

也有還沒成為羽川翼時的羽川翼。

「別要這種小聰明，明明對我說『我很懂妳的心情！』給我一個擁抱就好。明明只要這麼做，無論我的心情是『其①』或『其②』都能解決……」

「不只是對妳，我對所有人都不會說這種萬用的謊言。妳不知道的事情，我怎麼可能知道？高中三年級的時候也是，年滿二十三歲的現在也是，我不知道的事情可多了。天底下盡是我不知道，盡是我不懂的事情。」

我不是無所不知。我一無所知。

羽川只有一次說過這樣的話。我至今還是不知道她是以什麼心情這麼說的。

「這樣啊。那麼，逃離詭計怎麼樣？推理得出來嗎？」

很可惜，這方面我也一頭霧水。

極端來說，我認為以羽川的能耐總是有辦法……她是任何國境都能跨越的革命家，所以要從完美的護衛網鑽出來也不是不可能吧。

說到唯一的線索，就是她自己明講「雖然成功溜回來，也很難溜回去」……真要說的話，這是提示。

我想，應該不是那麼標新立異的方法，而是單純走王道突破盲點……因為這傢伙不會玩弄奇怪的小伎倆。

我知道的羽川不會耍伎倆……前提是這種傢伙真的存在。

慢著，不過，走遍世界的羽川，肯定比「我當時知道的羽川」博學多聞，也可能使用我從來沒想過的點子。

即使她吹捧說「沒找到像阿良良木這樣的人」，我也不能完全當真。不必拿風說課的事情舉例，像我這種應該隨處可見的傢伙，她肯定遇見過，失望過，期待過，也習慣了。對於羽川來說，阿良良木曆在心中占據特別地位的時代早已結束。

是的。「其①」與「其②」或許都不正確，可能有第三個選項。不，這才是最有可能的選項。羽川或許是基於完全不同的目的造訪阿良良木家？

若是如此……那我知道。

今晚終於出現我唯一知道的事情了。

但我沒有指摘這一點。

關於已經猜到大概的逃離詭計，我也不想說了。

所以我改為這麼說。

「……我說啊，羽川。妳剛才告訴我一件好事，我就告訴妳一件壞事當作謝禮吧。」

「什麼事？我想聽我想聽！」

「我——我高中時代很喜歡妳。妳沒察覺吧？」

「……啊哈哈！」

羽川乾笑了。雙眼不只是朦朧，進而變得空洞。

這是她曾經頑固守護的空白。

「阿良良木，這也是你一直想講的那種話？」

「不。」

我搖了搖頭，視線從羽川身上移開。

就像是從來沒有好好面對她。

「這是我說出口瞬間就會後悔的那種話。」

而且也不是往事。

是事到如今，依然處於現在進行式的後悔。

009

接下來是後續，應該說是這個事件的結尾。

洗完碗盤的時候，妹妹們剛好洗完澡出來，所以我們的閒話家常……應該說在流理臺的問答，就這麼虎頭蛇尾地落幕。接下來約一個小時，我們重返童心享受睡衣派對（我也被逼著換上睡衣），然後羽川離開阿良良木家了。

不對，不是羽川翼。

不是我認識的羽川翼，也不是我不認識的羽川翼。

後來，我和結束護衛任務的美留大姊見面確認了。那天晚上，羽川在飯店處於戒備森嚴的軟禁狀態，絕對沒有溜出去。

總統套房不曾成為空殼。

象徵和平的國際要人「Tsubasa Hanekawa」一直待在房內，進行消除自身經歷的文書工作。在文件簽名、蓋章，然後也把這些文件銷毀，不斷重複這樣的工作，專心將她自己送進碎紙機。不只是未曾離開房間半步，而且說來驕傲，日本的護衛系統滴水不漏。完全保護要人不受外界影響，也完全保護外界不受要人影響。

若是如此，到底是怎麼回事？

假設美留大姊沒參加護衛任務，就會留下「或許某處還留著能讓一隻貓鑽出去的縫隙」這種可能性，不過負責護衛的偏偏是狼。這是狼的包圍網。羽川只知道「剛好知道的事」，她再怎麼厲害，我也不認為她能事先察覺狼人的存在並且備好對策……如果羽川真的溜出飯店，和月火會合之後造訪阿良良木家，美留大姊不可能掌握不到這條動線。

即使不知道味道，也肯定會追蹤。

既然「羽川」說她是「溜出來」的，我就不免認為她真的「溜出來」了，不過既然美留大姊說她「待在飯店」，那麼這個和平的象徵應該一直「待在飯店」無誤，甚至不曾嘗試溜出來吧。

而且，羽川就這麼在森嚴的保護下結束滯留期間，極為安全又和平地暗中離開日本。

飛機的去向完全保密。消除了痕跡。

她消除過去，甚至消除現在。

然後從這個世界上消失。

「我不懂。這是怎麼回事？我很高興你願意相信我，不過就算這樣，羽川翼還是出現在你家吧？」

「是的，如同薛丁格的貓。同時處於生與死的狀態，位於那裡也位於這裡，這是量子論。不過，物理學這種兩者並存的現象，在推理小說能以傻得單純的一句話來解釋。這是兩人共飾一角的替身手法。」

我向美留大姊這麼說明。

曾經貿然斷言「可能性是零」的我，不得不說出這個無可奈何的真相做為賠禮。

「派替身到我家，本尊則是在飯店辛苦處理文書工作，如此而已。」

「派替身……等一下，這種東西要在推理小說才會出現吧？如果你用密室脫逃詭計來說明，我還比較可以接受。」

「這是最單純的脫逃詭計。本尊依然待在箱子裡，由別人偽裝成已經脫逃，回想起來，這是最合理的解釋。因為要是真的溜出去並且被發現，將會演變成慘不忍睹的天大騷動。為了將治安維持在底限，羽川就這麼待在飯店並且偽裝成脫逃肯定好得多。」

並不是只要溜出來就好，還得「維持」脫逃在外的狀態好幾個小時。

回到飯店比較難也是當然的，因為無須回來，當事人本來就在飯店裡。

「替身……就某方面來說應該稱為『copycat』吧。我也就這麼被擺了一道。被貓了一道。」

「我覺得用不著說『貓了一道』這種話。」

美留大姊指正這種細節之後，接著說「這部分很奇怪吧？」正式提出質疑。

「無論是擺了一道還是貓了一道，你會被騙實在很奇怪。雖然剛才那麼說，但羽川翼即使是名人，現在她連出現在媒體版面都是禁忌，甚至大頭照都沒有流傳，所以若說我們被騙，我還可以理解。不過曆小弟，你實際認識她已經消除的十幾歲時代，怎麼可能會被替身騙？」

「是的。我也不認為自己會認錯羽川。無論她變成什麼樣子，即使髮型不一樣，胸部多少縮水，我也有自信在五公里之內絕對認得出她。」

「嗯，胸部那段是多餘的。既然這樣……」

「不過，前提條件是國際化。我的『絕對』頂多只包括日本國內。羽川翼行遍全世界，甚至沒有她沒去過的國家。基數差太多了。那傢伙就算沒有同伴，也認識七十億人。」

「…………」

「據說在這個世界，有三個人和自己長得一模一樣。」

這就真的歸類在「風說」，是我們的專業領域。因此不能一笑置之。

實際上，只是因為世界上長得一模一樣的人之中，行動範圍大到有緣相遇的不到三人罷了。

不過，羽川翼是這三人之一。

若說阿良良木曆這樣的傢伙隨處可見，那麼羽川翼這樣的傢伙好歹應該有三人吧。

「……假設造訪你家的是替身，那她的目的是什麼？不管理由是『其①』還是『其②』，不都是想見你嗎？如果『重逢』的人是替身，不就本末倒置了？」

「因為羽川的目的不是見我，是要進入阿良良木家。進一步來說，那是消除自身過去的程序之一。」

「消除自身過去……什麼意思？」

「請讓我在說明之前道歉，對不起。之前因為害羞所以不敢說，不過美留大姊，羽川曾經送我禮物，而且我珍藏到現在。」

其實不是「害羞」而是「不想被當成變態」，不過細節就省略吧。

「先不提味道，她送的是可以進行DNA鑑定的禮物……」

「等一下，是什麼禮物？我很好奇。給我招出來。」

「羽川的目的是處理這些東西。而且她成功了。」

那天我回家的時候，「羽川翼」不是在二樓睡覺，是在我的房間翻找。我沒能處理而不知如何是好的「禮物」，她毫不留情處理掉了。

實際上應該是先回收再處理吧。

當場燒掉應該也可以，不過畢竟是內衣與頭髮，所以放在身上帶走也很容易吧。內衣可以直接穿在身上，辮子也只要接在現有的頭髮就好。

她那頭斑紋頭髮的黑色比例高於白色，或許就是這個原因。只要能瞞過我的眼睛，要騙過火憐與月火的眼睛也不是難事。

無論如何，那些回憶的物品從我的房間消失了。

回憶消失了。

「這就是她來見我的目的『其③』。到頭來，高調宣稱要消除經歷的這個藉口才是重點，是真正的來意，和我聊天只是盡個道義。那傢伙嘴裡講著老同學重逢會講的事，聊著煞有其事的話題，同時一步步達成『其③』。總之正確來說，她不是來見我，而是來完成目的。」

「……曆小弟，假設一切如你所說，來見你的也不一定是替身吧？」

「咦？」

「我們保護的羽川翼是替身，去你那裡的羽川翼是本尊，這個可能性也不低吧？進一步來說，有沒有可能『其③』是幌子，你認定是謊言的『其①』與『其②』才是真的？不對，其實完全不需要什麼理由，羽川翼或許沒基於任何原因，也不知道是什麼原因，單純只是想見你這個初戀情人。」

「……美留大姊，您講得意外地浪漫耶。」

「因為我是末代狼人，浪漫是理所當然的。」

「可能性是零。」

我沒受到教訓，如此斷言。

對於這個無從判定黑白的灰色問題，我迅速給出答案。

這個謎題或許不應該把重點說清楚，要讓一切盡在不言中，不過我在這時候選擇的答案不是花謝凋零，而是展翅高飛。

「也可能兩人都是替身吧？既然有三個人，那麼在這個地球上，長得一模一樣的人還有一人。說不定羽川翼甚至沒回到這個國家。」

打開箱子一看，裡面是空的。

這就像是被問到箱子裡的貓是死是活，卻回以「箱子裡沒有貓」這個答案。這是我最樂見的答案。

「為什麼樂見？你不生氣嗎？如果你聊那麼久的對象是替身，你不就像是被羽川翼耍了嗎？所以你才講得像是在試探吧？」

「那是我希望她轉告羽川才那麼說的。即使我事後再怎麼後悔……」

「即使見到的是替身依然很開心？別講得讓人這麼感動好嗎？曆小弟，浪漫的應該是你吧？」

「我不否認，不過我開心不是因為至少見得到替身。是因為羽川願意送替身過來……願意送我這個空箱子。」

我真的真的打從心底感到開心。無論是為了和平，為了助人，為了信念還是為了世界，無論是將什麼東西視為最重要的寶物保護，現在的我在現在的羽川心目中已經無關緊要了。

對此，現在的我感到無比幸福。

第四話　葛・人

OSHINO SHINOBU

001

甲賀葛是風說課唯一的「人類」。在堪稱百鬼夜行，怪胎齊聚一堂的陣容之中，率領這個部門的龍頭不是人魚，不是泥人，不是狼人，當然也不是吸血鬼，是純粹的人類。毫不做作的當事人聳肩說「我是不純的人類喔，因為是人類」，不過在這個場合，詢問人類的人類性質只有哲學上的意義。我還沒問臥煙小姐為什麼選這個人當領袖，不過，由人類率領這群混合怪異要素的警察們，由人類率領這個預防怪異成為怪異的公家部門，應該是有其意義吧。

由純粹……或許說不純的人類來率領。

到頭來，臥煙小姐「從個體到公共，從單人到組織」的這個計畫，依然只不過是一段過程。

臥煙小姐看中我和怪異的溝通能力，所以我來到直江津署進行研修，至於甲賀葛獲選為風說課的核心人物，大概是臥煙小姐看中她和人類的溝通能力。必要的時候，要有「人類」在好壞兩方面和「人類」站在對等立場交涉，否則風說課的存在本身可能會被當成風說。

大概是因應這種時候的對策吧。

名為「對等」的對策。

所以甲賀葛甚至不是專家。

也完全沒有專業技能。

不像忍野咩咩擁有和所有怪異交涉的方法，不像貝木泥舟精通各種透過怪異的詐術。不像影縫余弦是痛毆不死怪異的陰陽師，沒有斧乃木余接這樣的式神，也沒辦法像手折正弦使用人偶，往來於這個世界與那個世界。當然也不像臥煙伊豆湖無所不知。

看不見怪異的形體，聽不到怪異的聲音，無法觸摸怪異或被怪異干擾，也無法和怪異對話。

這是純粹人類的純粹部分，或者是不純人類的不純部分。總歸來說，她完全沒染上怪異的色彩。

她大概沒有背後靈，也沒有守護靈。

甚至連算命也不曾算對吧，而且也不曾算錯。

「雖不中亦不遠矣」。

正因為是這樣的她，才能率領人魚、泥人與狼人。

不會受到正面影響，也不會受到負面影響，正因為是這輩子至今和第六感這種東西無緣的她，才能執掌指揮風說課。

沒有特別的情感，因此也沒有偏見，能以平常心面對奇幻或靈異事件的公務員。在複雜又奇怪的這個世界，這種人反而意外地寶貴吧。

以臥煙小姐的個性，她找到這種人才（真的是「人才」）的時候肯定欣喜不已。正因為是「無所不知的大姊姊」，所以非常認同「一無所知的大姊姊」具備的稀少價值。

熟知個中價值。

「無知」確實是一種罪，不過「知」會造成恐懼，這也是事實。風說課是排除恐懼的部門，再怎麼樣也不能造成恐懼。

風說的速度不能成為強風。

最好是輕柔拂過臉頰的微風。

002

話說，如果這是警匪連續劇，為期四個月的研修期間即將結束的這時候會發生重大案件，這應該已經不是風說而是定論吧，不過沒出什麼大事，我在直江津署的工作就即將結束。這是當然的，因為風說課的業務，基本上就是將絕大多數的案件處理為「不會出事」。

相對的，我在私人方面發生了大事。應該可以說是重大意外吧。說到唯一的救贖，這是我至今經歷過兩次的災難，不過世間也有「事不過三」這句討厭的俗語。明明是這麼正面的警語，聽起來卻不知為何討人厭。

我和戰場原黑儀分手了。第三次。

為什麼？到頭來，暫居家鄉的這段期間，要說我貫徹無情無義的作風也行，我就某方面來說過著比學生時代還討厭人類的生活（最後，我過年也沒去北白蛇神社參拜，因為我沒膽）。即使如此，我至少一直勤於和黑儀保持聯絡，明明從未怠忽啊？

明明按照周防小姐的建議去做啊？

寄過電子郵件，也打過電話。國際電話。加入國際通話費的優惠方案，逐一報告彼此的近況。只是稍微隔了一片海，這四個月堪稱至今最密切聯絡的一段時期。甚至可以說是蜜月期。

或許造成反效果吧。

我們不只是近況，還不小心聊到將來。

愚蠢至極。

不過，我的研修期間即將步入尾聲，和甲賀課長的最終面談也已經完成，也必須思考離開直江津署之後的事，黑儀也是，身為大企業底下金融交易員的見習生，這時期的她必須決定是否要立志成為正式經理人。不愧是實力至上的海外企業，升遷速度很快，看著父親背影長大的她，無論如何都無法迴避這條路。

相較於在全球活動的羽川，問題的規模終究不一樣。不過，如果黑儀今後將活動據點放在海外，身為國家公務員的我，將來很難和她共度相同的時光。

也就是必須做出某些選擇。

嚴苛又沒有餘地的選擇。

老實說，黑儀幹練工作的樣子，我光看就覺得痛快……雖然沒有明確炫耀，但上司好像相當看好她，想到這裡，我無法輕易說出「那就回來吧？」這種話。

如果她願意回來，我當然會高興吧，但這是黑儀的人生，不是我的。不是我這種連自己都無法隨意掌握的人生。

這是黑儀決定的事。

這種猶豫不決的態度好像激怒女友，我們好久沒這麼大吵一架了。因為真的間隔太久，所以不知道吵架該怎麼吵，彼此都控制不了自己。

七零八落。亂七八糟。

以前在這種時候，我肯定會乖乖妥協，但我這次沒能這麼做，大概因為我內心也累積一些情緒吧。

即使我不會說這是積憤。

不用說，我也考慮過放棄警察這條路。我是基於「因為爸媽是警察」這種不著邊際的理由報考國家公務員，所以對曾經發誓效忠的國家粗魯舉旗造反，啟程前往黑儀居住的異國也……不對，真要說的話，黑儀也是受到父親的影響而任職於同業的另一間公司。

任職於競爭公司的她，雖然方向和我不同，但骨子裡大同小異。

只不過，我在風說課的工作找到近似成就感的東西，對我來說也是毋庸置疑的事實。是的，這些同事們選擇和自己體內的怪異特性共度一生，和這樣的她們共事，對我來說是非常新奇又前所未有的體驗。

開放的職場待起來很舒服。

職務內容主要是針對年輕孩子之間氾濫的傳聞，在這些傳聞演變成殘酷的結果之前做個了結，這種工作也很適合我這種無藥可救的個性。我甚至覺得國高中時代的各種遺憾得以挽回。

原本以為無法彌補的過錯，我覺得稍微得以彌補了。

「阿良良木警部補，你的將來是由你來決定，不是由我或臥煙前輩來決定。臥煙前輩能做的，頂多就是讓你『體驗』風說課的工作。接下來由你判斷。」

這是由你決定的事。

最終面談的時候，甲賀課長對我這麼說。

語氣沉穩，像是在安撫緊張的我。

「如果你真的希望對付智慧型罪犯，我可以幫你寫推薦信。坦白說，你很優秀。大概是看過地獄的經驗讓你學到永不放棄的毅力吧。無論分發到哪裡，我認為你都能過得很好。我個人希望你將來坐在我現在坐的這張椅子，而且說真的，如果你當上這裡的署長是最理想的結果，但我不認為追尋理想才叫做人生。雖然和臥煙前輩的想法不一樣，不過就算有能力，就算有特性……」

甲賀課長指著我的影子這麼說。朝著傳說吸血鬼躲藏的影子指指點點，簡直是不知害怕為何物，但她真的不知害怕為何物，所以才做得到這種事。

而且，也因此說得出這樣的訓示。

「卻也不一定非得變成『那樣』。快樂生活也無妨喔。」

……如果她在這時候說起風說課設立的理念或是崇高的目的，我或許反而會失去熱情，但她這番話令我想再做這份工作一段時間。即使清楚知道這是上司的本領。

快樂生活也無妨。

要是我再活十年，就能對羽川講這種話吧。

就這樣，我現在不只是要考慮研修期間結束之後的去向，還要面對是否要離開祖國的問題。黑儀應該是我更該切實面對的問題吧。或許她希望我叫她回來。

只不過，即使我真的這麼說，應該也會朝另一個方向吵起來吧。

所以我們分手了。第三次。不，實際分手是第三次，近乎撕破臉的吵架，從大學時代就不知道上演過多少次。聊起這種事，聽在人生的前輩耳裡，或許像是分分合合的情侶晒恩愛，不過請回想一下，各位肯定也有過這樣的時期。

相對的，年輕人聽到這種話題，或許會建議這種歹戲拖棚的交往還是趕快結束算了，不過為了日後參考請記住，各位遲早也會變成這樣。

高中時代開始交往的女友，若在大學畢業依然保持情侶關係（即使中間有過冷卻期間），光是在這個時間點就已經是奇蹟。

所以我不想失去這份奇蹟。只不過，我不該以這種像是「捨不得」的心情左右黑儀的將來。我的將來也不該被這樣左右吧。

不想抱持著後悔結束。也不想抱持著後悔繼續下去。

003

「阿……阿良良木，你為什麼在這裡……」

這是我要說的臺詞。

不對，像是和往生者重逢的這種臺詞，不可能屬於我。這無疑是老倉育要說的臺詞。

這幾年再度斷交的兒時玩伴，以意外的形式相遇了。再度相遇。

我這輩子到底要和這傢伙斷交幾次？又要重逢幾次？

地點是公所。

決定離開風說課之後，我負責的工作進入交接階段，交接的其中一個環節，就是我得獨自前往公所，依序造訪各部門繳交各種文件。這很像是羽川消除己身經歷的程序，不過老倉居然在其中的一個部門工作。

頭髮整齊挽起，戴著閃亮的眼鏡，一副像是正規會計師的樣子。不，總之，我知道她在大學就讀這種科系，她也確實是正規的會計師，不過就算這麼說，這個會計師看起來有點假。

站在櫃檯窗口希望文件受理的我甚至愣在原地……咦？妳這傢伙為什麼會好好工作？而且還是在家鄉，就某方面來說比警察還要正派，公家機關中的公家機關工作？

「我……我一直很擔心喔。還以為妳現在會不會流落街頭……」

「不准擅自讓我流落街頭。小心我宰了你。」

看來即使外表是會計師，個性也沒什麼變。不，應該只是對我這樣。原來如此，這傢伙大學畢業之後回家鄉了嗎？唔唔。

話說回來，她後來居然也報考公務員……看來她再怎麼長大也還是愛讀書。

「什麼嘛。阿良良木，你當上警察了……？警部補？特考？所以相對於地方公務員的我，你是國家公務員？為……為什麼你老是走在我前面……」

「不，我並不是想要走在妳前面……而且我考會計師的時候挫敗了。」

其實關於這方面，我們曾經一起準備考試。我因為某些原因而挫敗，不過說來話長。總之簡單來說，我的數學天分在迎接二十歲的時候毀了。即使稱不上數學家卻考上會計師的老倉，我率直認為是數學比賽的勝利者。

「呵。如果是現在，要我叫妳『歐拉』也行喔。」

「開什麼玩笑。我們在兩年前的十月十三日斷交第四次了吧？不准順水推舟想和好。我討厭你。」

「別氣別氣，我不是要來妳的職場興風作浪……午飯要不要一起吃？我想和妳談一些事。」

「我奉陪。去那裡等我到午休時間吧。」

她以找碴般的語氣回應。

就某種意義來說，這傢伙真不值得絕交……對喔，我和老倉斷交的次數，比我和女友戰場原黑儀分手的次數還多。

我不禁驚訝天底下居然有這種偶然，但仔細想想，這裡是我們長大的城鎮，老倉應該是大學畢業之後一直在公所工作，所以在研修期間，同為公務員的我們有很多機會巧遇。

這四個月來，我也因為各種事情來到公所好幾十次，說不定我們甚至曾經在走廊擦身而過只是沒發現。機率再低，只要機會夠多，遲早都會見面。這也是數學的基本。

比起在醫院遇見神原，我遇見老倉的可能性，整體來說反而比較高。既然這樣，不知道是第幾次才認出老倉的這場重逢，居然發生在我即將離開城鎮的這時候，反而算是來得太晚吧。

搞不懂這叫做有緣還是無緣。

幸好在老倉進入午休時間之前，我必須繳交到其他部門的文件多不可數。雖然不記得正確的日期，但我上次和老倉一起吃午餐是兩年前了。

是說來話長的「那個事件」之後。

若要講得更簡單一點，就是我和黑儀第一次分手之後。嚴格來說，應該是第二次？

我和老倉第三次重逢的地點是大學教室。當時還以為這是哪門子的緣分，不過這似乎是羽川設計的。老倉從直江津高中轉學之後，羽川好像依然很關心她，以各種方式建議老倉念大學。老倉的綜合學力比我好得多，但是有數學系的大學很少，所以說穿了，第三次的重逢就某方面來說是必然。

當時我是從家裡通學，不過老倉要找地方住。房租與保證人的問題談不妥，她好像很困擾——我對父母說明這個隱情之後，接到「那叫她再來住我們家吧」的指令。

當時我還沒脫離叛逆期，不會說我只是乖乖遵照這個指令。

即使大略知道和小學時代的狀況不同，但我在各方面虧欠老倉，不能眼睜睜看著她不知所措。就算我開口，她應該也會反抗，不，應該說有所顧慮，所以我不採用正攻法，而是由妹妹們邀請她。就這樣，老倉相隔約七年再度住進阿良良木家。

一起學簿記就是那時候的事。這是久違的讀書會。

然後，這件事被黑儀發現了。

讓完全不覺得是異性的兒時玩伴借住自己家，依照我的基準勉強不算越線，不過依照黑儀的基準好像完全踩到紅線。

不，這件事是我的錯。天底下沒有比這更爛的事。這是我即將迎接二十歲之前犯下最大的過錯。

當然會第一次鬧分手吧。

多虧老倉，我們才勉強重修舊好。老倉盡心盡力讓我和黑儀和好。這裡說的盡心盡力，具體來說是威脅我與黑儀說「如果不和好，我就從這裡跳樓自殺」的意思。不過除此之外，她也和當時還只是「普通名人」的羽川（只是進行慈善活動的女生，不是活動家）合作，修補我們之間的裂縫。

她也立刻離開阿良良木家。

這就像是硬生生奪走苦學生老倉的住處，即使是對於自殺威脅不為所動的黑儀，終究也過意不去的樣子。雖說不是以此為契機復合，這也是我們好好坐下來談的契機。

結果就是我和黑儀破鏡重圓，和老倉三人暫時享受一段快樂的大學生活。直到我和黑儀迎來第二次分手，真的是一段快樂的時光。

第二次分手。

是因為超無聊的理由分手。

對於我們的分手，老倉比任何人都生氣，大概是覺得自己明明鮮少如此拚命努力，明明難得如此為他人盡力，最後卻成為一場空吧。

或許不是生氣，而是失望。

當時我好不容易和黑儀和好，不過後來直到畢業，老倉再也沒在學校和我們說話。

這是第四次絕交。

我們就這麼留著芥蒂從大學啟程，所以無從得知老倉後來過得如何，踏上什麼樣的未來——直到今天。

她很正常地在工作嘛。

不過，我不認為她會流落街頭就是了……總之我鬆了口氣。

無論如何都要把這件事告訴黑儀。雖然我這麼想，但我現在和黑儀鬧翻了。

現在是第三次的分手期間。

要把這件事告訴老倉嗎……嗯……不行吧……

可惡，為什麼偏偏是在我和黑儀分手的這個時間點？來得這麼不是時候，感覺正是老倉育的作風。不對，講得像是怪到老倉頭上很奇怪。

「久等了，走吧。阿良良木，我特別為你空了短短三十分鐘出來。」

「真是謝謝妳啊。有沒有妳常去的店？這附近我不太熟。」

「明明是家鄉卻這麼無知？」

「因為這裡的風景和以前截然不同啊，連購物中心都蓋了。這頓我請客。」

「與其被你請，我寧願選擇去死。」

都二十三歲了還在講這種話……我要鬆一口氣或許還太早了。不過彼此都已經出社會工作，那就各付各的吧。

在老倉的帶領下，我們進入公所旁邊的咖啡廳。價格挺實惠的，還以為她平常就會光顧，但我問了才知道她第一次來。

「我不想帶你去我平常吃飯的地方。」

老倉這麼說。

她真的很討厭我。

就祈禱這間店是老倉早就想來，卻不方便一個人光顧的店吧。我賭上這個可能性，交給老倉點餐。

「所以，幹麼？找我什麼事？找我這種人有什麼事？」

「沒有啦，想說為兩年前的事情道歉……當然不是。」

「原來不是喔。」

「老實說，我沒想到那件事讓妳氣到和我絕交……之所以邀妳吃飯，終究是因為我嚇了一跳。我很驚訝妳還活著……更正，驚訝妳在公所工作。」

「還活著有什麼好驚訝的？誰會去死啊？」

「『誰會去死啊』……聽到妳這麼說，我打從心底感到高興。」

「哼。總之，並不是因為愛鄉情懷覺醒才回來的。雖然先前那麼說，但我不太把這裡當成家鄉……畢竟搬過好幾次家，也完全沒有美好的回憶。只是……」

老倉繼續說。

「想到接下來即將成為大人出社會的時候，我想得到的榜樣只有一人。」

榜樣。

以我的狀況，我的榜樣是父母。不過，老倉的父母不是這種父母，甚至會堅定認為不想成為那種大人吧。

就算這麼說，其他的大人……比方說學校的老師，以她的個性並不會崇拜。考慮到她曾經拒絕上學的原由，學校對她來說完全不是快樂的場所。

思考到這裡，我想到了。

「啊啊，原來如此。記得妳住在那個社區的時候，受到公所職員的照顧。從直江津高中轉學之後也是。所以……」

「你這麼單純認定也讓我火大。」

這傢伙聽我說什麼都會生氣耶。

妳至今都還沒成為大人喔。

這樣的妳應該不能出社會吧？

「話說在前面，為了避免我這種可憐的孩子誕生，這次換我來照顧別人……這種值得讚賞的心態，我一點都沒有。因為這只是我自救措施的一環。」

「為什麼妳要自己講這種討人厭的話……」

真是好懂的傲嬌行徑。

不，過了二十歲的傲嬌，只會是個麻煩的傢伙，不過我不禁心想，要是黑儀也像這樣好懂該有多好。

「唉～……要是我當年喜歡的是妳就好了。」

「這句噁心的臺詞是怎樣？害我心情變差，給我以死贖罪吧。我每天都由衷認為自己討厭你真是太好了。」

看來她偶爾會變得率直。只在嫌棄我的時候變得率直。

不過，她踏實就職的原因大致算是踏實，真是太好了。

既然這樣，昔日負責老倉家的公所職員，她大概也曾在職場重逢吧。如果產生這種師徒關係真的很美妙，不過問到這種程度就太深入了。

之後有機會再問吧。

「妳現在住哪裡？」

「為什麼想問我家住址？想對我做什麼？」

「用不著這麼提防。不只是現在，妳離開阿良良木家之後，不是也到處搬家嗎？妳沒一直換地方會死嗎？」

「有問題嗎？我可是拚命擺脫你跟戰場原還有羽川小姐的追蹤喔。」

「居然問我有沒有問題，如果是基於這個原因，問題可大了……原來就算是妳，稱呼羽川的時候也會加『小姐』啊。」

「『Tsubasa Hanekawa』這個名字當然不能直呼吧？……公所上個月也是忙得天翻地覆。」

「這樣啊。說得也是。」

比起警察，公所反而更是忙得不可開交吧。

因為是辦理手續的當事人。

「羽川那傢伙來見過妳嗎？」

「沒來。我和你們絕交的時候，也和羽川小姐斷絕往來了。」

「完全是池魚之殃吧？」

「她早就已經不記得我了吧。為什麼問這個？」

「沒為什麼。只是羨慕妳能像這樣放得下。」

但羽川好像沒忘。或許她其實也早就知道老倉在公所工作，只是在裝傻。

「所以老倉，妳住哪裡？租哪裡的房子住？」

「不准死纏爛打想知道我住哪裡。你想縱火嗎？我要報警喔。」

「我就是警察。不然在妳家設置巡邏箱吧？」

「不准多管閒事。」

「如果想請派出所警員重點巡邏妳家，真的可以找我幫忙喔。這種程度的人脈我還是有的。」

「為了保護我？還是監視我？」

「我真的很擔心妳。」

「少囉唆。小心我停止你的心肺功能。」

即使嘴裡咒罵，但她好像感覺到我是由衷關心，所以告訴我了。

「不是租的，是買的。公務員貸款。他們說長遠看來買房比較划算。」

「……………」

沒問題嗎……不，慢著，現在認定還太早……

房子用租的還是用買的划算，雙方各有各的道理所以不便議論，但我聽到老倉說她買了房子（尤其聽到貸款），踏實的氣息就完全消失，總之還是聽她說完吧。

或許我不會以兒時玩伴的身分，而是真的以警察的身分幫她，但是我願意為老倉做任何事……只要這個傻瓜能夠幸福……

「妳……妳買了什麼樣的房子？」

「是等同於廢墟的凶宅，所以很便宜……放心，不用站起來。已經好好翻新了。」

「妳應該不知道，現代有一種詐騙手法就是透過翻修……」

「不准把我當成全世界頂級的笨蛋。你也知道那個地方。是我國中時期住的那個家。」

「……………」

那裡——我知道。也去過好幾次。

是老倉和我度過最平穩時期的場所。對於老倉來說，當時肯定是最動盪的時期吧，不過原來她買的是那間房子。

確實，如果是那種屋況，二十歲出頭的人也輕鬆買得起。而且坦白說，以公所職員的立場也解決了空屋問題，甚至可以領一份獎金吧。

不過翻修應該不容易吧……

「話說回來，妳還是老樣子，做出這種傷害自己的行徑……這樣不叫自救。妳為什麼想要回到起點？這麼喜歡從頭開始？」

「這是『Tsubasa Hanekawa』的相反。我藉由吞噬過去活在當下。」

老倉育像是立誓般說明。

「將回憶塗改成我的色彩。我要在那個家建立幸福的家庭。可惜還沒有對象就是了。這麼說來，阿良良木，你和戰場原最近怎麼樣？」

「總之，妳想節省改建費用的話再叫我。用DIY的方式盡量壓低成本吧。雖然講這種話可能假惺惺，不過那裡也是我回憶中的場所，我也想在那裡留下我的色彩。」

「不准講得這麼假惺惺，然後在我面前裝傻。你們不是一起回來的嗎？」

「妳可能誤會了，說起來我也還不算是回到家鄉，現在是研修期間……」

「以為我已經忘記叉子的用法嗎？」

老倉說著，緊握住手上的餐具。我一直認為她差不多該想起叉子的用法了。

不得已，說出這件事的時機終於來了。

意外重逢，閒聊往事在內的各種話題聊到氣氛正好的這時候講這件事，或許她又會和我絕交，但我認為這件事本來就必須好好告訴她……包括自己的現狀、戰場原黑儀的現狀以及我倆的現狀，我一五一十告訴老倉。某段時期湊成三人組的我們，從此將會各分東西。

聽我說完之後，老倉沒把叉子當成飛鏢，射向我身體的中心。

相對的，她像是傻眼般笑了。

「你這個笨蛋。」

反而像是很開心的樣子。

太好了。老倉只顯露她的惡劣個性，我免於被她絕交。

原因或許在於我強調這次的狀況和老倉當時的第一次完全不同。這傢伙總之很討厭事情的責任出在她自己身上。

我對兒時玩伴的個性清楚得不得了。

「不過，大概就是這麼回事吧。大概就是這麼平庸吧。情侶分手的時間點或許不是升學，而是就職喔。唔噗噗。」

「妳發出不像是人類的笑聲了。」

「沒好好談過嗎？找工作的那時候？一個想進入海外企業，一個想成為國家公務員，明顯會造成感情不和吧？」

「說來神奇，當時我們相互加油打氣。因為那傢伙真的是努力去取得金融方面的各種證照。我也希望她找到徹底發揮這些證照的工作。」

「持續進步是好事。我也會為幹練的女性加油打氣。即使展翅到海外發展的那個女人再怎麼瞧不起回到家鄉的我也一樣。」

「應該沒有瞧不起啦……妳畢業之後究竟變得如何，那傢伙也很在意啊？」

「應該是在意我怎麼流落街頭吧？」

「這我沒辦法否定。」

「給我否定！」

即使嘴裡這麼說，老倉後來也笑了好一陣子（搞不懂這傢伙），接著終於一副稍微關心我的樣子詢問。

「……不過，你打算怎麼做？」

這反應也太慢了。而且只有稍微關心。還偷笑。

「你們吵成這樣應該很嚴重吧？現狀應該是你跟戰場原其中一邊必須放棄現在的工作改變據點吧？咦？所以呢所以呢？」

「不准講得像是在逼問。如果妳接受市井小民洽詢的時候都是這種調調，那妳這個公務員有夠討人厭。」

「居然說『市井小民』……沒問題的。別看我這樣，我可是公私分明喔。讓您久等了。您好。請問今天需要什麼服務？」

「這落差太猛了。」

既然她確實擺得出應酬式的笑容，我就不找碴了。

「要是你辭去現在的工作搬到海外之後才分手該有多好……」

「妳把藏在內心的願望說出來了。」

「我把願望告訴別人，是希望這個願望別成真喔。」

「妳把願望告訴當事人，大家不就拿妳沒辦法了？」

總之，無須她重新強調，現狀很難徹底修復我倆的關係。無論如何，都只能做出重大的決定吧。

「訣別不就好了？」

「關於我的事，妳不准再提出任何請求。連請多指教都不准。」

「真要說的話，阿良良木，戰場原的生涯規劃很明確，但你還是很籠統。你究竟想怎麼做……要回到家鄉？還是打進中央？你是國家公務員，所以如果以日本國內來看，地基應該還沒打穩吧？我是地方公務員，所以早就決定在這裡落地生根。何況連房子都買了。」

買下不動產成為屋主的她，心情上像是爬到我頭上……不過老實說，我很驚訝老倉的現狀比我想像得還要穩定。

但是和神原那時候不同，我沒有被她抛在後頭的感覺……

「這麼一來，代表妳認為我最好搬家是吧？」

「不，我認為你最好去死。」

「跟妳聊天超快樂的。今後我可以每天去公所嗎？」

「要是你敢這麼做，我就濫用職權消除你的經歷。」

「不准真的濫用職權。妳這樣簡直是瘋了。從平常就在瘋。」

「我可以說正經的嗎？我的願望是你搬家之後分手，在海外流落街頭。」

「妳這樣不是正經，而是嚴重喔。我是說妳的個性。」

「如果要我咬牙為你們的未來著想，我只能提醒你要小心一點，別因為一時衝動就做出決定。就像之前同情我然後收留我那樣。」

「……也對。」

如果我提出辭呈，黑儀可能會以這個理由選擇和我分手。

即使不像十幾歲那時候一樣嗆辣，但她果然不愧是羽川的好友，是個信念堅定的傢伙。

「以那個女人的個性，只要你講道理好好溝通，我想她也不抗拒回國在家鄉找工作。因為她是對愛情很飢渴的女人。」

「妳講得好過分。我不希望她拿我當理由辭職。要是出現這種例子，我覺得對世間不是好事。」

「很像是公務員的想法。原來你想成為世間的模範啊。那麼阿良良木，如果你為了戰場原流落街頭，也會成為同樣負面的例子吧？」

「不准動不動就運用各種手段要讓我流落街頭。也讓我出國工作好嗎？我會先去住妹妹那裡。」

「你這個說法真遜……不過，為世間著想是好事，但你也為戰場原想想吧。你又不是『Tsubasa Hanekawa』……嗯？現在想想，既然已經消除過去的經歷，這個名字也已經失效了吧……那個優等生今後要叫什麼名字？」

「她是貓，直接說『還沒有名字』就行了。應該說『已經沒有名字』？如果要為戰場原著想，我更不能說我希望她回日本吧？」

「那你們就這樣分手吧。」

老倉斷然這麼說。

關於這方面，老倉並不是基於傷害我或折磨我的意圖這麼說，她自認只是理所當然說出理所當然的建議。

或許是她以公所職員身分提出的建議。

「找工作或是公務員資格什麼的，唉，無論是你還是戰場原，就算誰都不把這種東西當成一回事，但你們都已經不是孩子了。」

「不是孩子嗎……說得也是。」

既然二十三歲都不能為對方著想，那就真的趕快分手比較好。為了對方著想而分手，這種事在十幾歲的時候應該會是一種偽善，不過一旦考量各種因素就不能一概而論。

「戰場原把青春時代消耗在你身上，要是連二十歲之後的歲月都犧牲掉，你真的是罪大惡極。話說在前面……」

老倉說著取出手機，操作畫面之後遞到我面前。

是電子郵件網址的畫面。

看來是要求我登錄她的個人資料……第四次絕交算是正式解除吧。

「不要當場做結論喔。因為我會有責任。事後報告就好。我還想笑。請給我更多笑容喔，我的小丑先生。」

「…………」

「幹麼啦，我也可以濫用職權收集你的個人情報喔。想讓我犯罪嗎？」

「並不想。我清楚看得見妳雙手上銬的未來。真想辭職避免看見這一幕。」

「實際上，你最好別參考我這種人的意見。因為如我剛才所說，我也還沒找到對象。」

此時，老倉像是突然想到般這麼說。

像是放冷箭般這麼說。

「如果，我們過了三十歲都還是單身，那麼……」

「那麼？」

「就把彼此掐死吧。」

可以和這傢伙針鋒相對到三十歲，這真是美妙的提議。

004

因為這樣，所以我前往北白蛇神社。

「因為這樣」究竟是因為怎樣，我自己也一頭霧水，但我終於下定決心了。我很想說是多虧和老倉聊過之後看開了某些事，不過那傢伙應該不會接受我的感謝，所以我在時限將近的這時候不得已啟程登山。

結束下午的工作之後，我直接前往北白蛇神社所在的山。上次爬這座山也不知道究竟是多久之前了。我頻繁上山的那時候是積雪的一月，那段艱苦的行軍光是回憶都會令我抗拒，不過後來大概是氣候隨著時間變遷，雖然姑且還是積了一些雪，卻不到打滑摔倒的程度。

問題來了。

現在的我看得見八九寺真宵嗎？

那傢伙並不是人類長大之後就看不見的那種精靈（至少臥煙小姐看得見。反過來說，如果是甲賀課長，年齡再小也看不見吧），所以仔細想想，我內心的這份苦惱或許挺脫線的。也可以說我在煩惱這種事的時間點就已經看見結論。

總覺得自己像是擔心被討厭而不敢追求心上人的純情少女，我這樣一點都不像是成熟的男性……

只不過，並不是完全沒有希望。

雖然現在是北白蛇神社供奉的神，不過八九寺真宵追根究柢是迷路的蝸牛。是只有不想回家的人才看得見的幽靈。

是讓人在歸途迷路的幽靈。

先不提這是去程還是回程，說到迷路，這座城鎮沒人比得上現在的我。我在或多或少鉅細靡遺的所有意義上，無法決定自己的出路與前途。

絲毫看不見落腳處。

雖然沒有流落街頭，卻迷失在人生的道路。

基於這層意義，我來到北白蛇神社參拜的這個時間點，或許比新年參拜還要好。然後——

「……我想也是。」

我穿過鳥居，進入境內，沿著參拜道路走到主殿，但是夜晚的神社沒有任何人。不只是沒半個人，連一隻貓或一條蛇，當然連一隻蝸牛都沒有。淺淺的積雪上甚至沒有腳印。大概是積雪吸收聲音，總覺得神社比實際上還要寧靜。

我第一次造訪這座神社的時候，神社本身廢棄已久當然不用說，外觀也比現在更像是試膽的景點。包括老倉家在內，回想起來，當時的我很喜歡在廢墟玩。實際成為試膽——考驗心臟的景點，是神社改建之後的事。我不曉得在這裡被打得七零八落多少次。

最後還下地獄。

現在看起來管理得很好，但也終究感覺得到五年的歲月……或許只是因為陰暗才讓我這麼想，也是因為和星空成為對比吧。我曾經在這裡觀星嗎？

哎，雖然這麼說，但這裡本來就不是夜晚前來的場所……無論是為了試膽還是觀星，正常人不會在這種時間，來到這種四下無人的場所。

真是的。

迷路到最後走進死胡同嗎？

如此心想的我，從錢包取出零錢，放進香油錢箱。五圓硬幣。記得在這種時候，基本上是二禮二拍手一禮嗎？

「想尋死了？」

在我思考要許什麼願的時候，落在雪地的影子傳出聲音。

不只是傳出聲音，影子裡鑽出一名金髮幼女。星光與堆積的白雪在夜晚也映出影子，所以忍和我的熱線是接通的。

由於在山上，所以就像是在搜尋手機基地臺訊號般好不容易接上線……忍戴著毛茸茸的毛線帽，身穿像是雪人的厚大衣加上毛靴。

這傢伙也深受世俗影響了。

以前即使在多麼寒冷的零下世界，她都只以單薄的衣物覆體……不提這個。

「咦？什麼？妳剛才說什麼？」

「吾在問汝是否想尋死了。活太久想尋死了嗎？像吾一樣。」

說完，幼女露出淒愴的笑容。

總覺得好久沒看見這個笑容了。

「啊啊……活膩了自殺嗎？記得這是吸血鬼九成的死因？嗯，我聽說過。」

「不只是聽說過之程度。不說別人，吾正是為了尋死而來到這個國家，降臨在這座城鎮。所以即使吾之主現在想尋死，吾亦絲毫不感詫異。」

「別這樣。我才二十三歲耶？」

「不過，汝不是非常懷念從前嗎？不曾想過五年前死掉該有多好嗎？比方說在這間神社，比方說在那個操場，比方說在那棟廢棄大樓，不曾想過死掉何其幸福嗎？咯咯！」

她看起來很開心。

即使沒老倉那麼誇張，但她個性也很差。

總之，我並不是聽不懂她的意思。傳說的吸血鬼，鐵血、熱血、冷血的吸血鬼活六百年之後，選擇在遇見第一個眷屬死屍累生死郎的這個國家死亡。即使我不能和這樣的她同日而語，「長生不死並非幸福」也單純是不死怪異的常識。

人魚周防小姐或是泥人兆間前輩也一樣，是在原本會死掉的時候，以怪異的形式活了下來。在風說課裡，也還有桑方纔前輩這種非常特殊的類型。雖然我也不例外……但我的狀況是反過來讓瀕死的吸血鬼成為人類活下來。

「高中時代快樂又幸福，那段時間是人生顛峰，早知道乾脆在那時候結束這段人生……妳以為我會這麼想？少來了。雖然當時有很多快樂的事，幸福的事也多得不得了，但基本上是吊車尾的陰鬱高中生活喔。」

先前「鐮鼬」事件的那時候，我和兆間前輩聊過這件事。以我個人的經歷來說，我就讀不符合我成績水準的私立高中，搞得生活一團亂。

沒辦法單純說出「那時候真好」的感想。真要說的話是苦澀的感覺。

和家人的關係也糟透了。

回想起那段時光，我甚至不敢相信現在和妹妹相處得這麼好。我不想過度美化過去，同樣也不想過度鄙視過去，不過整體來看，我實在不認為高中時代的我比現在的我幸福。

「咯咯，說得也是。現在汝實在是得天獨厚。在職場亦是意氣風發被捧上天吧。昔日擁有不死之身，眼神卻如同死屍之汝，若是看見汝現在之模樣，想必會感到驕傲吧。」

「很難說，應該還是會想要一拳打下去吧……因為現在的我動不動就散發以前我最討厭的菁英感。成為特考公務員而且月領高薪。大學時代即使發生各種事也過得相當快樂。行動範圍也很廣。原本只騎腳踏車的我，後來開始開車，也搭過飛機，還出遠門旅行。高中時代看不懂的書現在看得懂了，原本完全看不懂的電影現在看得出樂趣。當年吊車尾差點步入歧途的我要是看見現在的我，肯定會覺得是不屑一顧的討厭傢伙吧。」

「感覺像是背叛以前之自己，所以不敢享受幸福？對於成功感到內疚？」

「並不是這麼回事。」

是這麼回事嗎？

我只是在害怕變化嗎？

不，也不能說只是這個原因。

高中時代看不懂的書，現在看的話確實可能看得懂。對於事物的好惡可能會隨著成長而改變。但在另一方面，原本覺得很有趣的書，如今也可能看不懂。

明明曾經那麼樂在其中，現在卻變得不快樂。

明明絕對感動過，但是拿起昔日改變自己人生的藏書重看，會覺得膚淺到像是不著邊際，覺得再怎麼平庸也該有個限度。這份失望帶來的罪惡感，令我好想讓自己消失。

講得誇張一點，這是嚴重到像是殺了一個人的罪惡感。

「咯咯！感覺像是殺害昔日之自己，所以感到鬱悶？即使如此，亦不能永遠只看一本書吧？說不定這就近似汝那年春假成為吸血鬼時，想要立刻回復為人類之心情。如同吾受邀成為神那時候，依然想繼續當個吸血鬼之心情。」

「…………」

「或是……放過回復為鐵血、熱血、冷血吸血鬼之機會，選擇繼續住在汝影子裡之心情。」

說到這裡，忍整個身體轉向鳥居。

「即使如此，吾畢竟是吾主之忠實僕從。若是汝如此希望，吾可以讓汝回到從前喔。」

「咦？回到從前是指……」

「當時沒這麼整潔，但昔日不是在這間神社做過類似之事嗎？不是曾經以那座鳥居為閘門，讓時間回到從前嗎？」

啊啊，確實做過。

真的是高中生的惡搞。只因為暑假作業沒寫完就想回到前一天。就是這樣的調調。

當時忍隨口邀我穿越時光……而且最後招致非常嚴重的結果，不過現在的忍完全以當時的調調邀我再來一次。

「雖然上次失敗，不過放心，這次會順利。回到汝不存在之過去即可吧？這麼一來，既然是第二次，汝亦能順利享受高中生活吧。若是後悔昔日之失敗就重新來過吧。若是覺得現在之汝很失敗，就選擇沒升學亦沒就業之第二輪人生吧。汝即使如此依然能夠活下去，因為是吸血鬼。」

別流落街頭，流落在黑暗之中吧。

忍這麼說。她講得像是半開玩笑，不過大概有一半以上是當真的。這傢伙總是很乾脆地邀我做出這種輕率的舉動。真的是來自黑暗的誘惑。

高中時代的我，屢次接受這樣的邀請。

沒想太多，隨便就接受邀請。

雖然這麼說，但忍和我是同生共死，既然覺得忍這方面完全沒變，就代表我完全沒變，若是如此，單就現在來看，這個大問題或許值得祝賀。

我內心那個昔日的我，還沒有死。

「忍，我不想回到從前。現在的我和以前的我都是我。永遠的高中生就交給小扇飾演吧。」

原來如此。

相隔四年回到家鄉的我，確實沉浸在鄉愁吧。見到神原與老倉，和妹妹們交談，感受到羽川的存在，我或許變得神經質又多愁善感。之所以和黑儀吵架，或許是因為我處於這種微妙的時期。但這只是在痛快玩著「以前真好」的遊戲。由於裝出自虐的模樣，所以更加惡質。

即使擅自抱持「眾人棄我而去」的心情，不過大家也不是輕視昔日的自己走到今天。神原歷經和勁敵的對戰走到現在，老倉吞噬過去之後走到現在。以前的自己造就現在的自己。刪除過去的羽川或許出乎意料是最懷念當年的人吧？

我這樣像是裝出沒臉見昔日自己的模樣，藉以確認自己現在的定位。不過，十八歲和二十三歲的差異，等我三十歲重新回顧，應該會覺得毫無差異。

「『成為大人很無聊』這種話根本不該說吧？臥煙小姐或忍野不也是愉快活到現在嗎？哎，即使他們是例外，不過成為大人基本上是快樂的事。無論看風說課的人們還是整個直江津署，我都這麼認為。高中時代很快樂，現在也很快樂。現在也和以前一樣會遇到討厭的事情，不過會解決給你們看。這樣就可以吧？」

我不再看鬧門……更正，不再看鳥居，重新轉身面向主殿。

看不見神。這樣就可以了。

看不見是理所當然的……必須這樣才對。如同甲賀課長那樣……怪異原本是看不見的東西。

而且即使看不見怪異，也不代表怪異不存在。

就算看不見，也可以相信位於該處。

「或者這麼想吧。我現在沒有迷失。雖然假裝猶豫迷惘讓自己內心舒服點，但是接下來該怎麼做已經很明確了。我只是站在分歧點，並沒有迷路。所以我看不見八九寺。在我真的遇到問題的時候，那傢伙不可能不出現。」

「咯咯！既然汝這麼認為，那就這樣吧……順帶一提，吾原本一直猶豫是否該說出口，但是那個迷路姑娘，連吾亦完全看不見。」

「咦？是嗎？」

妳怎麼不早說？

應該說……這不是很奇怪嗎？我看不見就算了……但即使和這樣的我連結，忍身為吞食怪異的怪異卻看不見，既然這樣……

「嗯。單純是還沒回來吧？那傢伙從以前就是經常不在家之神明吧？」

「…………」

明明不是神無之月卻不在家……不，並不是不可能。

既然這樣，剛才投的香油錢可以退嗎？

把五圓還給我。

「……那麼，乖乖重新來過吧。改天再來。下次不要隔這麼久。」

「要在汝苦惱時再來一趟？」

「不，要在更好的時候過來。我現在決定了。和黑儀的婚禮要在這裡舉行。在神的面前舉行。」

雖然不知道神是否在主殿，但我還是姑且進行二禮二拍手一禮。

回想起來，我和黑儀開始交往，就是由八九寺見證。那麼現在供奉那傢伙的這裡，不就是結緣神社嗎？

「在我最風光的時候，那傢伙應該不可能不現身吧。」

到時候，我要由衷抱緊這個愛散步的神。

讓她看看大人也會玩耍的一面。

「……聽汝講得這麼動聽，吾差點感動落淚，不過就吾在影子裡所見，汝和那個姑娘不是鬧翻了嗎？」

「我說過吧？該走的路早已決定。我決定了。所以我的僕從，對此有一些事情希望妳務必幫忙。」

「啊？是工作？」

「不是工作，是百分百的興趣。」

「若是工作，吾只打算多多少少幫汝一把，不過……」

忍笑了。

不是淒愴的笑容，是可愛的笑容。

「若是興趣，吾就竭盡所能幫到底吧。」

005

研修最後一天，我拜託甲賀課長特別撥空單獨和我交談。我熬夜整理完成的文件，甲賀課長大致翻閱之後疑惑詢問。

「看起來不是辭呈，這是什麼？怎麼回事？」

「是這座城鎮的住宅地圖。我將怪異……應該說還沒成為怪異的『髒東西』列表標記在上面。」

老實說，我想在這些問題全部解決隨風而逝之後再提交報告書，不過很可惜計畫只達成一半。這肯定是臨別留給風說課的禮物，卻很難說是令人滿意的工作成果。獨創性也不高。

從北白蛇神社下山之後，我所進行的實地工作，基本上和專家忍野咩咩待在這座城鎮期間蒐集怪異奇譚的活動大同小異。

說到兩者的差異只有一個，就是我利用了怪異之王的食慾，這部分其實挺作弊的。

即使如此，還是來不及完成。

力有未逮，我沒能看透哪些有害，哪些無害，所以只讓忍吃掉明顯危險的東西，之後只能交給風說課可靠的前輩們。

即使如此，這份清單肯定會代為傳達我的志氣。希望甲賀課長至少收下我這份心意。

「我很高興你有這份心意，但我不能毫無理由收下這個。你不是基於工作這麼做的吧？是要當成餞別的禮物，暗示你再也不會回到風說課嗎？」

「某部分來說是四個月來受到照顧的謝禮，但這不是餞別禮，真要說的話，是賄賂。」

「賄賂？喂喂喂，我這個課長在你眼中會犯法嗎？」

「我用錯詞了。我重說一次吧，這是小費。其實我想請課長寫推薦信。」

「我不是說過我會寫嗎？不需要刻意進行這麼美妙的自由研究。你的志願不是直江津署，更不是風說課對吧？ＯＫＯＫ，沒問題，只要你不是想辭掉警察的工作，我就幫得上忙。無論分發到中央還是地方，我都會給你最好的評價。」

「不過不是中央，也不是地方。」

正因如此，所以我盡可能準備最好的謝禮前來拜託。

我不顧一切，想要一份更勝於最好評價的推薦信。

「我想就這麼繼續研修。不過，地點是海外。」

「……警政署青年警察海外研修？」

不愧是甲賀課長，一下子就猜中。她驚訝地眨了眨眼。

是的。海外研修。

不知為何，我認定非得辭職才能趕赴黑儀身邊，斷定只要身為國家公務員就無法出國。

不過，和老倉交談的時候，我察覺了。

雖然不是在講「Tsubasa Hanekawa」，不過在這個國際化的時代，警政署也不是只在鎖國的國內活動，只要找就找得到制度，和國際刑警組織合作派遣到海外的警察也不在少數。這種工作當然不容易，甚至可能會負責大使館的警備，就某方面來說是代表國家在海外活動，所以需要相當程度的資格。

比方說……哎，像是必須夠年輕，或是擁有警部補的階級。

像這樣看就覺得整件事情挺蠢的。我曾經抱怨如果自己選擇不一樣的工作就能追著黑儀前往海外，不過實際上，我就像是從大學時代，不，從高中時代就預見這種事態，選擇追上她的最短路線。

為什麼成為警察？

周防小姐這麼問我的時候，我回答「因為父母是警察」，不過現在我會這麼回答。

「為了和高中時代開始交往的女友繼續交往下去。」

公私混同又何妨？

我是公僕，更是我自己。

這是我的僕從告訴我的。

……我得再說一次，這是難關。並不是身為菁英公務員就可以無限制保送。這就像是明星中的明星，所以志願者絡繹不絕，而且都是精挑細選的志願者，是菁英中的菁英。因此甲賀課長的助力不可或缺，而且光是這樣應該還不夠。所以我繼續這麼說。

「我總有一天會回來。到時候無論是風說課的課長，還是直江津署的署長，要我當什麼都沒問題。而且我當然也想在海外活用在這裡學習到的經驗。」

「……換句話說，你也希望我幫你對臥煙小姐講幾句好話？」

「現在在日本公家機關扎根的那個人，也想在海外設立據點吧？若說ＦＢＩ或是ＭＩ５有點誇張，不過像是德拉曼茲路基或艾比所特這種外部幫手，她也不打算永遠依賴下去吧？」

「是沒錯啦……唔～～……」

甲賀課長再度翻開我給她的地圖。剛才是速讀，但這次是詳讀。或許是以風說課創立元老的身分評估我的實力。

若是如此，那我這份成品還是太粗糙了……我不敢說自己擅長文書工作。

「外語能力呢？不是考試成績，你有自信能在當地好好溝通嗎？當地的工作要使用當地的語言喔。」

課長的語氣從上司變成面試官。

看來她至少願意考慮幫忙了。既然這樣，我也得豁出去。

我對忍放話說不想回到高中時代，不過只有現在，我就回到只以虛張聲勢撐場面的那個時候吧。

「我連國語都不太行，不敢說自己擅長外語。溝通能力很差，不擅長和別人打交道，性格相當無情無義。但我會帶翻譯過去，所以足夠對抗那邊的怪異。」

「翻譯啊……小忍嗎？」

甲賀課長沒從文件移開目光這麼說。

「怪異語的翻譯。這是我們最看好你的優勢。再埼巡查很難勝任這種細膩的工作。」

「那麼……」

「慢著慢著，別急。現在還完全處於檢討階段。阿良良木警部補，你的申請正合我與臥煙小姐的意。真的很理想。不過這麼做可能順利，也可能不順利。這不是個人能力的問題，是組織構造的問題。如果由我以大人觀點判斷，那麼你很可能在海外被嚴苛的職場環境壓垮，受挫之後辭去警察的工作。我完全猜不到你想到海外工作的原因，但你將會和女友分手。」

這不就猜到了嗎？

而且即使如此，我也覺得課長過於斷定我會和女友分手。

「與其做了才後悔，你也可以選擇沒做而後悔啊？」

「我是為了不後悔才這麼做喔。我現在明明一切順遂，卻像是缺了些什麼般感覺鬱悶……之所以感覺愧對以前的自己，不是因為事業成功或成為人生贏家，是因為我沒有全力活下去。雖然做到最好，卻沒有竭盡全力。雖然已經成長，卻沒有試著繼續成長。」

「我說過吧？不追尋理想也沒關係。沒有義務將能力發揮到極限。任何人都只要在準備好的場所輕鬆活下去就好。」

「可是，也可以別這麼輕鬆活下去吧？選擇拚命活下去，選擇在超過自身能力的場所做到極限也可以吧？」

「當然。但是只能在不違反勞動基準法的範圍喔。」

甲賀課長說到這裡，將整份清單重新審視完畢。

「ＯＫＯＫ。那麼，就這樣吧。」

「咦？『就這樣』是怎樣……」

「我會寫推薦信。評價欄位會打個花圈圈，也會告知臥煙小姐。之後不關我的事。無論成為什麼樣的結果，將來也一定要讓你回到風說課。到時候就算你想辭職，我也不會讓你辭職。就是這樣。」

「就是這樣」包含的意思太多，我實在處理不來。什麼？「ＯＫＯＫ」的意思是「ＯＫＯＫ」？就這麼給我明確的承諾了？我明明還有很多對抗用的說詞沒用到（不過是厥詞）……課長全盤接受了？

「這份資料做得很好。雖然有些小毛病，不過這種程度，我這邊就能處理。瀨古應該會感動到哭吧……我從這份資料感受到的幹勁，沒辦法只以小忍的協助來解釋。不愧是曾經幫忍野工作的人。」

直接稱讚到這種程度，我當然很開心，就算這麼說，我也不能在這時候樂不可支……曾經對付過騙徒的我，免不了懷疑是否有什麼陷阱或幌子，或是提高警覺認為課長會提出某些條件做為代價。沒有什麼嚴酷的考驗或艱苦的修行嗎？

「這種心理戰，你去和臥煙前輩打吧。因為我是等待指示的中間管理階層，對於專業的怪異，我一竅不通，也沒辦法用考驗或修行的方式打分數。我只是很欣賞和你共處的這四個月，以及你現在說的這些話。我說過很多次吧？我看不見怪異。」

甲賀課長繼續說。

「不過，我自認有看人的眼光。」

006

接下來是後續，應該說是這個事件的結尾。

我想出不必委屈自己也能繼續前進的方法，首先成功踏出千里之路的第一步之後，身體除了喜悅顫抖更是精疲力盡，總之我為了補回連日缺乏的睡眠直奔家門，卻在玄關門口陷入史上最嚴重的煩悶心情。看來月火從東京回來了，脫鞋處擺著一雙不是我也不是火憐所穿的球鞋。

經過月火與羽川的返鄉事件之後，我總是會好好檢查脫鞋處，所以才會發現這件事……但我真不想發現。

對喔，這麼說來，月火說她回到海外生活之前會再回家一趟……不過為什麼偏偏是今晚？火憐今天值夜班，我原本想好好休息，老倉與月火真的每次都像是故意找碴般來得不是時候……算了，難得有這個機會，我就從那個妹妹的口中徹底問出海外生活的心得吧。雖然那傢伙亂七八糟的私生活完全不值得參考，不過肯定能當成負面教材。我思念著正在有時差的異邦土地勤快工作的戰場原黑儀，準備找小隻妹問個痛快。

決定多加把勁而踏入客廳的我一看，交疊雙腿坐在沙發的不是別人，正是這時候應該正在有時差的異邦土地勤快工作的戰場原黑儀。

「嗨。」

「嗨妳個頭啦。」

頓時軟腳的我，好不容易踩穩腳步沒倒下，像是用爬的前往沙發。

「妳怎麼進來的？」

「備用鑰匙的位置最好改一下喔。」

「妳知道這家人都是警察嗎？」

「對不起我道歉是我笨。」

她筆直看著我道歉。

雖然這麼說，但她就這麼戴著看得出剛從黜陽國度回國的深色墨鏡，道歉的話語也完全不帶情感，說起來黑儀應該也不會為自己大膽的非法入侵道歉。

難道她是為了道歉而回國嗎……？

看她身旁放著看起來很堅固的行李箱，應該是連自己家都還沒回去就直接來我家。不，以她倔強的個性，就算撕破嘴也不會承認吧。

「不……我才要道歉。我各方面累積不少壓力。對不起。」

即使對方像是技高一籌先聲奪人，令我有種無法言喻的心情，但我還是感到安心，坐在沙發和黑儀面對面。

雖然以沒什麼料的腦袋擠出各種計策，但是這個計畫完全沒和黑儀討論過。

在出國計畫有望成功之前，我想以自己的判斷採取行動。原本是想藉此表現我的誠意，不過該怎麼說，其中或許也包含賭氣的成分。

只是，我本來想在明天就打電話給她，但既然像這樣見到面，我連一秒都無法沉默下去。我想和黑儀分享我內心規劃的未來。

「黑儀，首先希望妳聽我說一件事。可以嗎？」

「只要不是第四次提分手，只要你願意先聽我說一件事，之後悉聽尊便。」

「唔……」

這傢伙劈頭就賞我一根釘子碰，不過也好。要是一時衝動沒多想就講下去，可能會因為擅自決定未來而惹她生氣。最好先思考一下怎麼告訴她。

「為了滿足正式升格為小組經理的條件，我把日本分公司設立草案附在電子郵件每天轟炸CEO，好不容易有了雛形。雖然還沒正式決定，不過接下來只要解決預算問題，我今年春天就會和長官與小組成員一起回到這座城鎮。這樣就可以再度和你一起住了。」

「…………」

她擅自決定未來了。

咦？咦咦？咦咦咦？

妳對自己的晉升設下條件？不只如此，還牽連長官跟整個小組？只為了回日本？只為了不再和我相隔兩地？

「設立日本分公司的構想很早就有，我只是推進這個計畫罷了……這麼一來我和父親真的會變成針鋒相對的死對頭，不過女兒總有一天得超越父親才行。」

我覺得應該是兒子得超越父親，但法律也沒規定女兒不准超越吧……話是這麼說，不過這是怎樣？我們的想法居然一樣？不，我始終是在組織的制度範圍內行動，想要背負某些條件讓自己進步，黑儀則是改變組織制度，成功滿足條件之後進步，只能說這次又是她技高一籌……

不過啊……這下子怎麼辦？

天底下有這種跨國的賢者贈禮嗎？（註4）

若是使用小扇的說法，這是愚者的贈禮。

「怎麼了？如果你不為我高興，我哭給你看喔。」

「我很高興。沒有比這更開心的事……我甚至得克制自己別跳起來。不過，黑儀小姐，妳可以做好心理準備聽我說嗎？」

事到如今，我很期待昔日名為羽川翼的和平象徵消除全世界的國境，但我可不能慢吞吞等待這一天的到來。說起來，要是這種事態可能成真，黑儀就必須逐一審視國際金融局勢，我則是在最壞的狀況下可能站在取締這個事態的立場。

所以先坐下來好好談吧。

「做好心理準備是怎樣……害我緊張起來了。難道真的要第四次提分手？那我就哭給你看喔。」

註4　源自美國短篇小說《The Gift of the Magi》，中譯名為《最珍貴的禮物》。

「不是啦。妳為什麼這麼想哭？當然不是講這個。何況……」

何況我們還沒正式和好，要怎麼再次提分手？對了，首先最重要的是必須講這件事。即使在世間再怎麼常見，我還是不想被別人說我們分分合合，更不想糊裡糊塗就重修舊好。

我伸手取下她的墨鏡。她在室內也戴著墨鏡，我以為是她想讓我為她取下墨鏡才這麼做作，但我完全猜錯了。黑儀只是想隱藏不知道哭泣幾天的紅腫雙眼。所以她早就一直哭給我看了。這傢伙其實挺常哭的。

那麼，要是講出接下來這句話，大概會害她掉更多淚水吧……但是我必須從現在開始努力學外語。考慮到將來，我希望長期待在國外的她，務必糾正我亂七八糟的發音。

「I love you。」

黑儀睜大紅通通的雙眼，接著對我說「曆，心蕩吧」，露出破涕為笑的嬌羞表情。

結尾的句子是完全不會蔚為風潮，專屬於我倆的回憶。

後記

說到撰寫系列小說時難以回答的問題，代表性的例子是「到哪裡是一開始就構思好的劇情？」這個問題，要是回答「完全沒有特別構思」聽起來像是豁出去擺爛，可能會害得大家失望，回答「一切都是按照計算符合計畫的既定路線」也總覺得怪怪的。實際上回答「構思到某個程度，多少因應狀況與時事表現得符合常理，臨機應變加入或收回新要素，盡力整合到滿意的程度」感覺比較正確，但如果有人問這麼籠統的答案哪裡正確就到此為止了。總歸來說這是「比例」或「程度」的問題，若問究竟是一還是零，預先規劃再怎麼周詳的小說作家，也沒辦法完美按照計畫完成整部系列作品吧。畢竟實際著手之後，可能會發現寫的和想的完全不一樣，也會遇到一些寫出來才知道的問題，要是始終堅持原本的計畫，我不認為是多麼正確的做法。貫徹初衷當然也很重要，不過「試過不行再重來」應該也是一種做法。重點或許不是「從最初構思」，而是「構思到最後」，不斷重複認同或不認同這種做法。

那麼回過頭來，說到《物語》系列的狀況，二〇〇六年出版《化物語》上下集的時候，若問我是否稍微預想過本書的內容，雖然記憶不一定準確，不過老實說應該連一個字都沒想過吧。連一個字都沒有喔。別說《化物語》，撰寫上一集《撫物語》的時間點，應該也是連一個字都沒想過。可能至少想過一個字吧。不過，若問我是否什麼都沒想，我覺得也不是。想必是在各方面思考再思考，構思再構思，累積十年以上的時間之後，以某種形式呈現出來。讓人覺得思考的心力並沒有白費。即使想到的點子沒使用，這種思考回路也已經形成，所以就某方面來說也成為一條可走的路。就這樣，本書是以百分之百的興趣寫成的將來，也是完結《物語》系列的第二十二集，阿良良木曆的二十三歲時代，第外季的最後一集──《結物語》。

封面請VOFAN老師繪製身穿純白新娘和服的戰場原黑儀。謝謝老師。她也是二十三歲喔。封面的她拿著釘書機，和《化物語》的封面相互呼應。我在十年前完全沒料到戰場原小姐會以這種造型上封面。那麼，接下來要構思什麼樣的劇情呢？

西尾維新

作者介紹

西尾維新 (NISIO ISIN)

1981 年出生，以第 23 屆梅菲斯特獎得獎作品《斬首循環》開始的《戲言》系列於 2005 年完結，近期作品有《業物語》、《人類最強的純愛》、《掟上今日子的婚姻屆》等等。

Illustration

VOFAN

1980 年出生，代表作品為詩畫集《Colorful Dreams》系列，在臺灣版《電玩通》擔任封面繪製。2005 年冬季由《FAUST Vol.6》在日本出道，2006 年起為本作品《物語》系列繪製封面與插圖。

譯者

哈泥蛙

專職譯者。譯作有《物語》系列第一季、第二季、最終季與第外季等等。

書盒子

結物語

（原名：結物語）

作者／西尾維新　插畫／VOFAN　譯者／張鈞堯
發行人／黃鎮隆　副總經理／陳君平
副理／洪琇菁　國際版權／黃令歡
執行編輯／呂尚燁　美術監制／陳聖義
企劃宣傳／邱小祐
出版／城邦文化事業股份有限公司　尖端出版
台北市中山區民生東路二段一四一號十樓
電話：（〇二）二五〇〇七六〇〇　傳真：（〇二）二五〇〇二六八三
E-mail：7novels@mail2.spp.com.tw
發行／英屬蓋曼群島商家庭傳媒股份有限公司城邦分公司　尖端出版
台北市中山區民生東路二段一四一號十樓
電話：（〇二）二五〇〇—七六〇〇（代表號）
傳真：（〇二）二五〇〇—一九七九
中部以北經銷／楨彥有限公司
電話：（〇二）八九一九—三三六九
傳真：（〇二）八九一四—五五二四
雲嘉經銷／智豐圖書股份有限公司　嘉義公司
電話：（〇五）二三三—三八五二
傳真：（〇五）二三三—三八六三
南部經銷／智豐圖書股份有限公司　高雄公司
電話：（〇七）三七三—〇〇七九
傳真：（〇七）三七三—〇〇八七
一代匯集／香港九龍旺角塘尾道六十四號龍駒企業大廈十樓Ｂ＆Ｄ室
電話：（八五二）二七八三—八一〇二
傳真：（八五二）二七八二—一五二九
馬新經銷／城邦（馬新）出版集團　Cite(M)Sdn.Bhd.
E-mail：Cite@cite.com.my
法律顧問／王子文律師　元禾法律事務所
台北市羅斯福路三段三十七號十五樓
二〇二〇年九月一版一刷

■中文版■

郵購注意事項：
1. 填妥劃撥單資料：帳號：50003021戶名：英屬蓋曼群島商家庭傳媒(股)公司城邦分公司。2. 通信欄內註明訂購書名與冊數。3. 劃撥金額低於500元，請加附掛號郵資50元。如劃撥日起 10～14日，仍未收到書時，請洽劃撥組。劃撥專線TEL：(03) 312-4212 ・ FAX：(03) 322-4621。E-mail：marketing@spp.com.tw

國家圖書館出版品預行編目資料

結物語 / 西尾維新 著 ; 哈泥蛙譯 . --初版.
--臺北市：尖端出版, 2020.09
面 ; 公分. --(書盒子)
譯自: 結物語
ISBN 978-957-10-9085-6(平裝)

861.57 109010377